KB115324

ALCHEMIST

알케미스트

FUSION FANTASTIC STORY

시이람 장편 소설

알케미스트 10

시이람 장편 소설

초판 1쇄 찍은 날 § 2016년 5월 23일
초판 1쇄 펴낸 날 § 2016년 5월 30일

지은이 § 시이람
펴낸이 § 서경석

편집책임 § 고승진
디자인 § 이혜정

펴낸곳 § 도서출판 청어람
등록번호 § 제387-1999-000006호
등록일자 § 1999. 5. 31
어람번호 § 제1-2440호

주소 § 경기도 부천시 원미구 부일로 483번길 40 서경B/D 3F (우) 14640
전화 § 032-656-4452 팩스 § 032-656-4453
http://www.chungeoram.com
E-mail § chungeorambook@daum.net

ⓒ 시이람, 2013

ISBN 979-11-04-90820-0 04810
ISBN 978-89-251-3165-8 (세트)

ALCHEMIST

알케미스트

FUSION FANTASTIC STORY　10　시이람 장편 소설

CONTENTS

CHAPTER
01

안전 가옥

ALCHEMIST

"어디 나가니?"

"웅! 친구들이랑 조금 이따가 만나기로 했어."

어머니의 물음에 한껏 치장을 하던 은미가 대답을 했다. 기분이 꽤나 좋은지 은미의 입에서는 연신 노래가 흘러나오고 있었다.

화장을 마치고 거울에 비친 자신의 모습에 만족한 미소를 지은 은미는 문득 이사를 하기 전이 떠올랐다.

그때는 자신이 이렇게 여유 있는 생활을 하리라고는 상상도 할 수 없었다.

지금은 친구들이 보고 부러워할 정도로 큰 집에서 살고 있고, 집안 사정도 여유가 생겨 이제는 먹고살 걱정도 하지 않았다. 고등학교를 졸업하고 대학을 꼭 가야 하는지 고민할 필요도 없어졌다.

이게 다 오빠 덕분이었다.

오빠가 만든 회사는 한국에서는 크게 주목받고 있지는 않지만, 전 세계적으로 엄청난 이슈를 만들고 있다.

근래 가장 혁신적인 기술을 가진 기업이고 앞으로 백색가전 시장을 선도할 거라 칭해질 정도였다.

국내 신문에서는 딱히 기사화되고 있지 않았기에 인터넷으로 해외 신문을 뒤지며 오빠가 만든 회사에 대한 기사를 읽은 건 은미가 요즘 가지게 된 취미 중 하나였다.

'오빠는 영국에서 잘 지내고 있으려나?'

영국에 창준이 운영하는 회사 공장이 있다는 얘기도 들었고 회사 일로 영국에 간다고도 들었다. 미국에서 있었던 일 때문에 영국으로 간다고 들었을 때 굳이 가야 되냐고 물어보기도 했었다.

사업 때문에 가야 된다니 아무런 말도 할 수 없었다.

준비를 마친 은미가 방에서 나오니 거실에서 뉴스를 보는 어머니의 모습이 보였다.

"엄마, 나 이제 나갔다 올게. 저녁 먹기 전까지는 들어올 테니까…….”

“은, 은미야! 여, 영국에서 테러가…….”

어머니의 말을 모두 듣기도 전에 깜짝 놀란 은미가 텔레비전 앞으로 달려왔다. 텔레비전에서는 속보 뉴스가 나오고 있었다.

―…런던의 오성급 호텔에서 폭발 테러가 있었습니다. 폭발로 인한 사망자와 부상자의 집계는 아직 이뤄지지 않았고, 한국인 사망자의 유무도 아직 알려진 바가 없습니다. 이 테러는 이슬람 극진주의가 일으킨 것으로 추정되고 있으며, 현지 경찰은 범인을 찾기 위하여…….

은미는 뉴스를 뚫어져라 바라보다가 얼른 휴대폰으로 창준에게 전화를 했다. 하지만 전화기가 꺼져 있다는 소리만 흘러나올 뿐이었다.

“저, 전화를 안 받니?”

“전화기가 꺼져 있대. 엄마, 오빠 비서분 연락처가 어떻게 되었지?”

“잠깐만…….”

어머니가 후들거리는 다리로 위태롭게 일어나 전화번호를 찾기 시작했다.

그때, 집에 있는 전화기가 울리기 시작했다. 전화번호를 찾느라 정신이 없는 어머니를 대신해서 은미가 전화를 받으니 수화기에서 창준의 목소리가 들렸다.

―여보세요?

"오빠야?"

"창준이니?"

전화번호를 찾던 어머니가 하던 걸 멈추고 다가왔다. 고개를 끄덕인 은미가 창준에게 소리를 질렀다.

"대체 무슨 일이야? 지금 뉴스에서 런던에 테러가 일어났다고 하는데!"

―벌써 뉴스에 나왔어? 빠르네.

"당연하지! 오빠는 괜찮아? 혹시 테러가 있었던 호텔에 묵었던 건 아니야?"

―아니야, 내가 있던 호텔은 다른 곳이라서 나는 하나도 다치지 않았어. 나도 소식 듣고 혹시나 어머니가 걱정할까 봐 전화한 거야.

그제야 안도의 한숨을 내쉰 은미가 문득 방금 창준의 말에 발끈하며 소리쳤다.

"어머니가 걱정할까 봐? 나는? 나는 걱정 안 했을 것 같아?"

―하하! 너도 걱정했어?

"당연하지! 그래도 봐줄게. 걱정하지 않게 바로 전화를 해 줬으니까."

—그래, 고맙다. 어머니는?

"잠깐만."

은미가 어머니에게 전화기를 건네줬다. 전화기를 받은 어머니가 아직 진정되지 않았는지 여전히 떨리는 목소리로 말을 했다.

"차, 창준이니?"

—네, 저 괜찮다고 얘기하려고 전화했어요.

"휴우! 다행이구나. 그래서 언제쯤 돌아오니?"

—글… 쎄요? 아직 일이 덜 끝나서 마무리하려면 조금 영국에서 머물러야 할 것 같아요.

창준의 말에 어머니는 잠시 망설이다가 말했다.

"그냥 좀 빨리 들어오면 안 되니? 그러다가 또 다른 일이라도 터지면……."

—죄송해요, 여기에 공장이 있어서 어쩔 수 없네요. 자주 오는 곳도 아니니 한 번 왔을 때 일을 다 처리하고 돌아가야죠.

"…그래. 그렇다면 어쩔 수 없지. 대신 자주 연락을 해라. 걱정하지 않도록 말이야."

—걱정하지 마세요.

옆에서 은미가 전화기를 달라고 손을 펼치고 있다.

"은미가 바꿔달라는구나. 몸조심하고."

―네, 알았어요.

전화를 다시 받은 은미가 창준에게 물었다.

"오빠, 지금 거기는 몇 시야?"

―시차가 아홉 시간 정도 차이가 나잖아. 여긴 새벽 3시지.

"비서 언니는 옆에 있어?"

―케이트? 지금 케이트는… 너 이상한 생각하고 있구나.

"헤헤! 혹시나 비서 언니하고 같이 숙소를 쓰는 건가 해서 물어봤어. 바로 옆에 있다고 할 것 같았는데 아직 방은 같이 쓰지 않는 것 같네."

―쓸데없는 생각은 그만하고 네 걱정이나 해라. 성적 떨어지지 않게 공부 열심히 하고.

"알았어."

은미는 창준과 잠시 소소한 얘기를 나누고 난 이후에야 전화를 끊었다. 옆에서 듣고 있던 어머니는 그런 은미에게 시계를 보며 말했다.

"너 나간다며? 늦기 전에 얼른 가야지."

"아니야, 됐어. 아무래도 오늘은 그냥 집에 있는 게 좋을 것 같아. 애들한테 얘기하고 오늘은 집에서 쉴래."

신경 쓰이는 뉴스가 나온 것 때문에 어머니가 조금 불안해 보였다. 이런 어머니를 두고 나가서 놀면 신경 쓰일 것 같았다.

어머니는 은미의 말에 반색을 했다. 은미의 생각처럼 조금 불안한 마음에 혼자 집에 있기 싫었던 모양이었다.

"그럴래? 그럼 이따가 네가 좋아하는 잡채 해줄게."

"우와! 잡채!"

애기처럼 과장되게 반색하는 은미의 모습에 어머니는 차분히 미소를 지었다.

방금 전 테러 뉴스 때문에 뒤숭숭했던 마음이 조금 진정되는 기분이었다.

* * *

"휴우……."

전화를 끊은 창준은 영국의 명물인 빨간 공중전화 부스에서 나오며 한숨을 내쉬었다.

주강에게 연락처를 받은 용일은 그곳에 연락을 하기 전에 먼저 집에다가 연락을 했다. 아무래도 안전 가옥과 같은 곳에 들어가면 집에 연락하기가 쉽지 않을 것 같아 먼저 연락을 한 것이다.

아무래도 호텔에서 일어난 폭발이 유야무야 넘어가지 않을 것 같아서 어머니가 걱정하실까 봐 미리 전화를 했던 건데, 마침 한국에서 속보가 나가고 있었던 것 같았다.

다행히 시간은 맞춰서 걱정하지 않게 할 수 있었지만, 마지막에 은미가 전화를 끊지 않고 계속 붙잡고 있어서 조금 긴장하기는 했다.

창준이 걱정한 건 다른 것 때문이 아니라 혹시나 MI5에서 한국에 있는 어머니와 은미의 전화까지 추적하고 있을지도 모른다는 것 때문이었다. 실제로 가능한지는 모르나 영화나 드라마에서 쉽게 볼 수 있었던 장면이었던 만큼 안부만 전하고 빨리 끊으려고 했던 건데 은미가 시간을 꽤 끌었다.

그렇지만 큰 문제는 아니었다.

당장 경찰이나 MI5 등이 몰려와서 포위를 하고 있는 거라면 문제가 되겠지만 공중전화 부스 밖에는 개미새끼 한 마리도 보이지 않았다.

'일단 빨리 자리를 피하는 게 좋겠지.'

창준은 인비지블 마법을 사용해서 모습을 숨기고 연이어 플라이 마법으로 날아올랐다. 그러곤 런던 북부까지 날아가 인적이 드문 곳에 내려섰다.

런던에는 공중전화 부스를 찾는 게 그리 어려운 일은 아니다. 잠시 걸었을 뿐인데 바로 공중전화 부스를 찾을 수 있었다.

부스에 들어간 창준은 주강이 알려준 전화번호로 전화를 걸었다. 몇 번의 신호음이 이어지고 전화를 받았다.

―24시간 카페 Red Wave입니다.

무슨 카페가 나오냐는 생각에 잠시 망설였던 창준은 잠시
고민하다가 말했다.

"패스워드코드 보이드. 시리얼코드 47―10―95."

약간은 망설이는 창준의 말에 잠시 침묵이 흐르더니 이내
전화에서 나오던 여자 목소리가 딱딱하게 바뀌며 말했다.

―보안 적용 완료. 말씀하십시오.

"안전 가옥이 필요합니다."

―…위치 확인 완료. 차량 도착 예상 시간 15분.

뚝!

말을 끝낸 여자는 바로 전화를 끊어버렸다. 약간 당황한 창
준이 끊어진 전화를 붙들고 멍하니 있다가 수화기를 내려놓
고 공중전화 부스에서 나왔다.

'이쪽으로 온다는 말이겠지?'

자기 할 말만 끝내고 전화를 끊어버려서 확신은 할 수 없었
지만 아마도 그럴 것 같았다.

15분이면 그렇게 긴 시간은 아니니 충분히 기다릴 수 있
다. 만약 시간이 지나도 나타나지 않는다든가 MI5에서 나온
요원이 이곳에 나타나면 함정이라고 생각하고 도망가면 된
다.

스스로의 실력에 대해서는 충분히 자신이 있는 창준이었

다. 7서클 이상의 마법사나 주강과 같은 실력자가 아니라면 그를 막을 수 있는 사람은 아마도 없을 것이다.

멍하니 공중전화 부스 앞에 서 있으니 온갖 생각이 머릿속에 떠올랐다. 지금까지는 여유가 없어서 하지 않았던 생각이나 깊게 생각하지 않았던 것들까지 한꺼번에 떠올랐다.

'대체 무슨 일이 벌어진 걸까? 왜 MI5에서는 나를 잡으려고 하는 거지? 아니, 처음에는 암살하려고 했었잖아. 갑자기 생각이 바뀐 걸까, 아니면 죽이기는 힘드니 회유를 하려고 했던 걸까?'

어떤 것도 창준이 혼자 생각해서는 해답이 나오지 않을 대답들이다. 최소한의 정보도 없는 상황이니 여기서 해답을 낸다면 거의 점쟁이 수준일 것이다.

'올리비아는 지금 이 사태에 대해서 알고는 있는 건가?'

창준에게 대단히 호의적이었던 올리비아였다. 케이트가 없었다면 자신에게 남자로서 관심이 있는 건 아니었나 생각을 할 정도로 말이다.

MI5 소속이었던 올리비아였으니 내부에 어떤 문제가 있다고 한다면 창준에게 한마디 귀띔이라도 있었어야 했다. 그런데 그녀에게 아무런 연락이 없었다는 건 두 가지로 해석할 수있다.

'연락을 할 수 없는 상황이었든지, 아니면… 올리비아도

나를 어떤 사건의 범인으로 본다는 말… 이겠지.'

내심 가족들과 케이트를 제외하고 가장 믿고 있었던 올리비아였으니 그녀가 자신을 의심할지도 모른다는 생각을 하자 조금 씁쓸한 기분이 들었다.

'내가 먼저 연락을 해봐?'

전화를 해서 뭔가 낌새가 이상하면 바로 전화를 끊고 다른 곳으로 도주해도 될 것 같았다. 물론 그 전에 자신을 안전 가옥으로 데리고 갈 사람들에게 연락을 해야겠지만 말이다.

고민하던 창준은 고개를 저었다.

지금 연락할 필요는 없었다. 일단 국정원에서도 무슨 일인지 알아보는 중이고, 안전 가옥에 들어간 이후 중국 국가안전부에도 해당 내용에 대해서 알아봐 달라고 요청할 생각이다.

이렇게 했는데도 아무런 답이 나오지 않는다면 그때가 올리비아에게 연락을 해야 할 시간일 거라 결론을 지었다.

아무리 이곳에 자신에게 큰 위해를 가할 사람이 별로 없다고 하더라도 필리다 같은 사람이 나온다면, 심지어 필리다와 같은 사람이 다른 마법사까지 대동하고 나타나면 자신은 잡혀갈 수밖에 없을지 몰랐다.

그런 결과를 맞지 않으려면 최대한 몸을 사려야 했다.

'아니면 내가 7서클에 오르는 방법도 있지만…….'

지금으로서는 조금 요원한 생각이나 만약 그의 생각처럼 7

서클에 오른다면 더 이상 몸을 숨길 필요는 없을지도 몰랐다. 아니, 몸을 숨기더라도 조금 더 대담하게 움직일 수 있을 것이리라.

이렇게 생각하는 사이, 멀리서 자동차 한 대가 다가오는 게 보였다. 옛날 차량처럼 생긴 영국 특유의 택시 해크니 캐리지(Hackney Carriage), 통칭 블랙캡이었다.

마치 영국의 대표적인 차종 두 개를 합친 듯한 외관의 택시가 창준의 앞으로 다가와 멈추더니 창문을 열렸고 백인 운전기사가 창준을 바라봤다.

"타시오."

"아니, 저는 기다리고 있는……."

"47-10-95. 타시오."

느닷없이 자신이 아까 전화로 말했던 시리얼코드를 읊는 택시기사의 말에 창준이 조금 놀랐다. 설마 택시가 그들이 보낸 차량일 줄은 꿈에도 몰랐다.

창준이 뒷좌석에 타자 택시는 부드럽게 움직여 빠져나가기 시작했다.

CHAPTER
02

내막

ALCHEMIST

런던 샹그릴라 호텔에서 폭발 사고가 일어나고 2주가 지났다. 2주라는 시간은 짧다고도 할 수 있는 시간이지만, 이 시간 동안 영국에서는 많은 일들이 일어났다.

MI5에서는 이 폭발 사고가 테러이며 이슬람 과격주의자가 벌인 것일 수 있다고 의혹 어린 성명을 공표했었는데, 이슬람 과격주의 단체에서 공식적으로 이 일은 자신들과 상관이 없는 일이라 말하기도 했고 몇몇 무정부주의 단체에서는 자신들이 벌인 일이라 발표하기도 하면서 혼란에 빠졌다.

그에 따라 영국 국민들은 단호한 철퇴를 내릴 필요가 있다고 시위를 하기도 했고, 추가 테러를 걱정한 사람들은 영국으로의 여행을 자제하는 등 수많은 이슈를 양산했다.

MI5에서는 이런 혼란스러운 상황을 진정시키기 위해 MI6와 공조하여 희생양을 삼을 곳에 대한 작업을 하기도 했다. 그들로서는 능력자들로 표방되는 마법사를 외부에 노출시키지 않기 위한 다른 방법이 없기도 했다.

창준을 찾는 일에 대해서도 다각도로 그의 위치를 추적하고 있었다.

한국 국정원에 비밀리에 공조를 요청하는가 하면 그가 영국에서 빠져나갔을 경우를 가정하고 유럽의 타 국가들에게도 창준에 대한 추적을 요청했다.

창준에게 다행이라면, 국정원에서는 외부적으로 공조한다고 하고 있었으나 내부적으로는 협조가 아닌 방조를 하고 있다는 것이었다.

반면 영국 왕립마법협회에서는 필리다의 암살 이후 어수선한 분위기임에도 불구하고 비밀장소에서 각자 자신의 마법을 연구하던 사람들까지 나와 창준을 찾는 일에 적극적으로 동조하고 있었다.

필리다는 왕립마법협회의 자존심이었다. 영국의 유일한 7서클 마법사였고, 8서클 마법사가 존재하지 않는 지금에서는 유럽에서 겨우 두 명밖에 없다는 대마법사였다.

왕립마법협회의 자존심과 같은 필리다가 죽었으니 눈에 불을 켜고 창준을 찾는 건 당연했다.

상황은 진정될 기미가 보이지 않았다.

"상황은 어떻게 되었지?"

"웨일즈 쪽에 투입된 인원은 몇 명이야?"

"리즈 조사 분석표 아직 준비 안 됐어?"

창준을 찾기 위해 MI5 내부에 비밀리에 만들어진 긴급상황실은 삼십여 명의 사람이 고함을 지르면서 바쁘게 움직이고 있었다.

MI5의 핵심인원을 거의 전부 사용하고 있으면서도 창준의 머리털 하나 찾지 못하는 상황이라 난리도 아니었다.

어떻게든 약간의 정보라도 얻기 위해 모든 요원 및 정보원을 풀가동하고 있는 상황이었다.

상황실 한구석에 앉아 있는 올리비아는 상황실에서 바쁘게 뛰어다니는 사람들과 별개로 가만히 앉아 있기만 했다.

'이건 아니야.'

올리비아는 고개를 저었다.

그녀가 생각했을 때 창준은 그 잠재력이 얼마나 되고 알려지지 않은 능력이 어느 정도인지 감도 잡히지 않는 사람이다.

2주 전 호텔에 있는 창준을 잡기 위해 동원된 4서클 마법사

두 명조차 손쉽게 제압하고 사라졌던 그가 아니던가.

이런 식으로는 마음먹고 잠적한 창준을 절대 찾을 수 없을 것 같았다.

'빨리 대답이 와야 하는데……'

올리비아가 기다리는 소식이 있었다.

다른 사람들이 창준을 겨냥하고 그의 행적을 파악하는 사이, 올리비아는 다른 방향으로 생각했다. 창준을 직접 찾을 수 없다면 차라리 그의 주변을 뒤져 보자는 생각이었다.

이건 MI5에서도 짐작하고 있는 얘기였지만, 창준의 가족은 한국 국정원이 결사반대를 외치며 그들의 주변에 포진하고 있어 감히 접촉도 하지 못하고 있는 상황이었다.

가족을 제외하고 가장 가능성이 높은 창준의 비서 케이트는 미국으로 넘어가 재벌인 패트릭의 비호를 받고 있었고 말이다.

하지만 올리비아는 그 정보가 가짜라는 걸 알아냈다. 사실 케이트는 영국에 있는 미국 대사관에 머물고 있는 걸 은밀히 알아냈던 것이다.

올리비아는 미국 대사관에 있는 케이트에게 전언을 남겼다. 어쩌면 그녀가 거부할 수 있겠지만, 올리비아의 생각에 이렇게 답이 안 나오는 상황에서는 케이트의 연락이 유일한 수단이었다.

그리고 드디어 기다리던 전화를 받았다.

―만나보겠다고 합니다.

한마디에 불과했지만, 지금까지 기다리던 소식이라는 사실에 얼른 자리를 박차고 일어나 밖으로 나와 준비된 차를 타고 미국 대사관으로 향했다.

'드디어 조금이라도 단서를 찾을 수 있는 건가?'

올리비아는 창준에게 조금 서운했다.

지금까지 자신이 보여준 모습이라면 아무리 MI5가 그를 잡으려는 상황이라고 하더라도 연락을 줄 것이라 생각을 했었다. 물론 지금까지 그에게서 온 연락은 없었고 말이다.

그나마 MI5에서 그를 잡기 위해 나섰다는 것에 창준을 이해하려고 했지만, 서운한 건 서운한 거였다.

미국 대사관에 도착한 올리비아가 안으로 들어가 회의실에서 기다리고 있으니 잠시 후 케이트가 그곳으로 들어왔다.

"오랜… 만이에요."

반갑게 인사를 하려던 올리비아는 차가운 표정의 케이트를 보고 목소리가 조그맣게 변해 버렸다.

케이트의 표정과 눈에서 나오는 빛은 그녀를 처음 봤을 때보다 더욱 차갑고 서늘했다. 그녀가 자신을 어떻게 생각하고 있는지 이것만 봐도 알 수 있었다.

'그렇겠지…….'

쓸쓸한 미소를 지으며 맞은편에 앉은 케이트를 향해 물었다.

"그동안 잘 지내셨나요?"

대답을 하지 않고 잠시 올리비아를 차갑게 바라보던 케이트가 입을 열었다.

"잘 지냈냐니… 진심으로 묻는 건가요? 설마 제가 이곳 대사관에 장기간 머물고 있다고 이곳이 마음에 들었다는 걸로 생각하는 건 아니겠죠?"

"…제 질문이 조금 적절치 못했군요. 미안하게 됐어요."

"아니에요, 대답을 해드리죠. 대단히 불편하게 지내고 있어요. 이유는 알고 있을 거예요. 됐나요?"

화가 난 고슴도치처럼 잔뜩 가시를 세우고 있는 케이트였다.

올리비아는 그것을 보고 깊은 한숨을 내쉬었다. 케이트가 왜 저런 반응을 보이는지 짐작은 하겠는데, 계속 이런 식이면 대화를 하는 의미가 없었다.

"진정해 주세요. 미리 말씀을 드리자면 저도 MI5가 너무 무리하게 일을 진행한다고 반대를 했었던 사람이에요. 저라고 그런 식으로 일을 하고 싶었던 건 아니라고요."

"하! 그게 변명이라고 하는 말인가요? 자고 있던 침실에 몰래 들어와서 암살당할 뻔했던 상황을 생각하면… 정말 무책임한 말씀이라 생각지 않으세요? 그렇게 우리가 죽었으면 어떻게 처리하려고 했던 거죠?"

"자, 잠깐만요. 암살당할 뻔했다고요? 다시 한 번 말씀을 해주세요!"

그냥 넘길 수 없는 얘기였다. 분명 창준을 잡아오라고는 했지만 암살을 하려고 시도했던 건 아니었다. 사실 그렇게 처리할 수도 없다.

이제 창준이 만든 회사는 전 세계적으로 이목을 집중시키고 있다.

그런 회사의 사장과 회사를 실질적으로 이끌고 있는 창준과 케이트를 70년대 냉전시대 때처럼 무작정 암살한다면 그 후폭풍은 아무리 MI5라고 하더라도 쉽게 감당하기 힘든 일이다.

올리비아의 말에 조금 진정했는지 케이트가 입을 다물었다. 그녀의 태도에 어떤 마음으로 이 자리에 나왔는지 짐작이 되었다.

계속 요청이 들어오니 얘기는 들어보겠지만, 올리비아에게 어떠한 도움이 되는 얘기도 하지 않겠다는 태도처럼 보였다.

단순히 창준과 연락이 된다면 얘기를 전해달라는 말을 전하려고 했었는데, 그 전에 더 들어야 할 말이 생겼다.

하지만 케이트가 이런 상태로 가만히 있으면 어떠한 얘기도 통할 수 없었다. 최소한 그녀가 입을 열 수 있도록 올리비아가 먼저 자세한 전후사정을 밝혀 그녀의 신뢰를 얻는 게 먼저였다.

문제는 지금 올리비아가 말하는 거의 모든 것이 기밀이라는 사실이다.

'어쩔 수 없지.'

마음을 정한 올리비아는 가볍게 마법을 사용했다. 그러자 그녀와 케이트를 기준으로 투명한 반원이 만들어졌다.

이것은 내부에서 하는 말이 외부로 나가지 않도록 만드는 마법으로, 카메라로는 보이지 않도록 되어 있었다.

올리비아가 마법을 사용하는 모습에 화들짝 놀라는 케이트를 보고 올리비아가 서둘러 말했다.

"당신에게 해를 끼치려는 게 아니에요. 지금부터 제가 하는 말이 기밀에 들어가기 때문에 외부로 나가지 않도록 방비를 한 것일 뿐이에요."

"…제가 그 얘기를 다른 사람에게 흘리지 않는다고 약속한 적은 없는데요."

"그건… 일방적으로 당신을 믿을 수밖에 없어요. 어차피 당신의 신뢰를 얻지 못하고 있는 상황이니까요. 이렇게라도 하지 않으면 당신도 저를 믿지 못할 거잖아요."

케이트는 그녀의 말에 대답하지는 않았다. 그러나 그녀의 태도가 긍정을 뜻한다는 걸 올리비아가 깨닫지 못할 리 없었다.

잠시 머릿속을 정리한 올리비아가 입을 열었다.

"전에 미스 프로시아도 함께 갔었던 큰 저택 기억하시나요?"

"네, 기억해요."

"그곳에는… 필리다 워커라는 분이 계셨어요. 창준이 어떤 힘을 가지고 있는지는 이미 알고 계실 텐데, 미시즈 워커는 그 분야에서 최고의 정점을 찍으신 분이에요. 창준보다 더 높은 수준으로 말이죠."

7서클에 오르면 대마법사라는 칭호를 얻기는 하지만 최고의 정점을 찍었다고 할 정도는 아니다. 단지 현 세계에서 7서클에 오른 사람이 겨우 두 명밖에 없어서 나온 표현이었다.

이런 내용을 모르는 케이트는 일단 조금 놀란 표정이 되었다. 창준이 얼마나 대단한지 잘 알고 있던 그녀였는데, 그를 뛰어넘을 정도로 대단한 사람이 사는 곳에 갔었다는 걸 까맣게 모르고 있었으니 놀랄 만했다.

"그런데 창준이 미시즈 워커를 만나고 난 이후… 그분이 암살을 당하셨어요."

"…그걸 알스가 했다는 말인가요?"

"저는 그것에 대해서 뭔가 잘못된 것이 있다고 말했어요. 창준이 그런 일을 벌일 이유가 전혀 없으니까요. 하지만 다른 사람들은 달랐어요. 명백한 증거가 있다고 생각하고 창준을 검거하라는 명령을 내렸지요. 그리고… 지금 이 사태가 일어난 거고요."

케이트는 미간을 찌푸렸다.

"몇 가지 이상한 구석이 있군요. 미시즈 워커가 언제 암살을 당했는지 모르지만, 제가 알스와 계속 함께 있었어요. 만약 알스가 그런 일을 벌였다면 제가 모를 리가 없어요."

"정말 한순간도 떨어지지 않았나요?"

"저희는 방을 함께 쓰고 있어요."

"아! 같이 방을……. 그렇군요."

케이트의 대답에 올리비아가 머뭇거리며 대답했다. 올리비아의 얼굴에는 어떤 감정이 떠올랐으나 순식간에 사라졌다.

그것을 보지 못한 케이트는 계속 말을 이었다.

"그리고 아까도 말했지만, 저희는 검거가 아니라 암살을 당할 뻔했어요."

"저도 묻고 싶은 게 그거예요. 좀 자세히 얘기를 해주시겠어요?"

케이트는 천천히 그날 있었던 일에 대해서 설명을 시작했다.

자고 있을 때 나타나 암살을 하려던 사람이 스스로를 MI5라 했다는 것, 자폭하기 위해 수류탄을 사용하려다가 창준이 그를 창문 밖으로 던진 것, 이후 그들을 검거하려던 MI5 요원들, 이후 도주하는 내용까지.

창준이 독에 걸렸다는 것과 그가 어디로 갔는지, 연락을 하고 있는지에 대해서는 말하지 않았다. 다른 얘기보다 조금 민감하다 생각되어서 일부러 말하지 않은 것이다.

그걸 모두 들은 올리비아는 심각한 얼굴로 말했다.

"명령을 내리는 자리에 제가 있었어요. 분명히 암살이 아닌 검거였다고요. 아무리 확실한 증거가 있다고 하더라도 창준이 미시즈 워커를 암살할 명분이나 이유를 알아내기 위해서라도 함부로 암살을 하지는 않아요."

"저는 거짓말을 하지 않았어요. 제가 말한 건 모두 사실이고, 조금도 과장하거나 축소하지 않은 사실 그대로예요."

올리비아의 두 눈을 바라보며 말하는 케이트에게서는 진실이라는 느낌만이 들었다.

'그렇다면… 분명히 누군가 수작을 부렸다는 말이 되겠어. 그렇지 않아도 창준이 필리다를 암살했다는 것부터 납득할 수 없었는데……'

은연중에 창준이 누명을 쓴 거라 생각하던 것이, 확실한 증거는 없으나 정황 증거는 나온 것으로 바뀌었다. 이 정도라면 MI5 국장이자 자신의 아버지인 리처드에게 충분히 얘기를 해볼 수 있는 상황이었다.

"그러면 암살을 시도했던 남자의 얼굴은 기억하고 있나요?"

"어떻게 잊겠어요? 그렇게 갑자기 나타나 우리를 죽이려고 했던 사람인데."

"그러면 몽타주를 만들 사람 좀 부를게요. 이걸로 인해서 창준이 누명을 벗을 수 있어요."

케이트는 고개를 끄덕였고 올리비아는 서둘러 MI5로 연락하여 몽타주를 만들 사람을 불렀다.

사람이 오기를 기다리는 동안 올리비아가 물었다.

"그러면 지금 창준이 어디에 있는지는 알고 계시나요? 아니, 연락이라도 하고 있나요?"

그녀의 물음에 케이트는 대답을 하지 않고 물끄러미 올리비아를 바라봤다. 그녀가 왜 이런 질문을 던지는지 그 이면에 깔린 것을 파악하겠다는 것처럼 느껴졌다.

올리비아 역시 케이트가 대답할 거라 생각하지는 않았다. 그녀는 케이트의 얼굴에서 정보를 얻으려는 생각에 던진 질문이었다.

하지만 케이트 역시 전부터 패트릭의 비서를 하며 표정 관리는 기본으로 하고 있는 사람이었다. 그녀의 얼굴에서 어떤 것도 읽어낼 수 없었다.

이러는 사이 가까운 곳에 있던 몽타주 전문가가 도착했고 케이트의 설명 아래 몽타주를 만들어갔다.

몽타주를 얻은 올리비아는 회의실을 나가기 전에 케이트에게 말했다.

"혹시 창준과 연락을 하고 있었다면 오늘 있었던 일에 대해서 꼭 알려주세요. 다른 사람은 몰라도 저는 창준의 편이라고, 저에게 연락을 달라고요."

"…연락이 온다면 그러도록 하지요."

믿음직스럽지 않은 대답이었으나 이 정도라도 족했다. 케이트가 이렇게 말했다면 분명 창준에게 어떤 음모가 있고 자신은 그의 편이라 설명을 해줄 테니까.

"결과가 나왔습니다."

데이터를 검색하던 요원이 보고를 올리며 서류를 내밀자 올리비아는 반색을 하며 서류를 받아 읽어봤다. 그리고 그녀의 눈에 이채가 떠올랐다.

"수고하셨어요."

그러고는 바로 서류를 챙겨 자리에서 일어나 빠르게 어딘

가로 걸어갔다. 그녀가 걸어간 곳은 MI5 국장인 리처드의 집무실이었다.

집무실 앞에 있던 비서가 올리비아를 보고 뭐라고 반응을 보이기도 전에 노크를 하더니 대답도 듣지 않고 안으로 들어갔다.

그러자 집무실의 책상에 앉아 있던 리처드가 들어온 올리비아를 보고 미간을 찌푸렸다.

"내가 누누이 말했었지만, 여기는 집이 아니야. 네가 내 딸이기는 하지만 이렇게 집무실에 얘기도 없이 들어오는 건 예의가……."

"빨리 이거나 읽어보세요."

리처드의 말이 끝나기도 전에 올리비아는 책상에 자신이 가져온 서류를 올려놨다. 전혀 자신의 말을 듣는 기색이 없는 그녀의 모습에 안 그래도 피곤해 보이던 그의 안색은 더 피곤해졌다.

기세등등한 올리비아의 모습에서 자신의 말이 씨알도 먹히지 않는다는 걸 짐작한 리처드는 고개를 흔들며 그녀가 내려놓은 서류를 집어 들었다.

서류의 내용은 한 사람에 대한 정보였다.

"이게 뭐냐?"

아무런 설명도 없이 던져진 한 사람의 정보를 보며 올리비아가 하고 싶었던 말이 무엇인지 짐작하지 못한 리처드가 물었다.

"이름은 앤드류 터너, 북아일랜드 과격 무장단체인 리얼 I.R.A 소속이고, 테러 요주의자면서 저희 MI5나 MI6 요원과 비교해도 부족하지 않을 만큼 특수훈련을 받은 사람이에요. 언제든 영국에 테러할 수 있는 사람이라 판단하고 있지요."

"나도 알고 있다. MI5에서도 요주의 인물로 보고 있는 사람인데 내가 모를 리가 없지. 내가 궁금한 건 이걸 왜 나한테 지금 이 시점에서 보여줬냐는 말이다."

"이 사람이야말로 지금 창준이 어떤 함정에 빠졌다는 증거니까요."

"그게 무슨 말이지?"

올리비아는 흥분된 마음을 진정시키고 차분히 케이트에게 들었던 말과 그녀에게서 몽타주를 받아왔고 그걸 기반으로 찾은 사람이라는 설명을 해줬다.

하지만 그걸 들은 리처드의 반응은 올리비아의 예상과는 달리 시큰둥했다.

"그래서 네가 하고 싶은 말이 뭐냐."

"지금까지 제가 지속적으로 말했던 것처럼 이건 창준이 벌인 일이 아니라 누군가 누명을 씌웠다는 정황증거라고요. 특히 앤드류 터너가 사건이 발생하기 며칠 전에 사라졌다는 걸

유의해서 봐야 해요. 어쩌면 창준에게 누명을 씌울 준비가 완료되어 비밀리에 런던으로 들어왔을 거라 생각되는군요. 사건을 다각도로 분석하여……."

"증거는?"

"그때 폭사한 시체의 잔해에서 유전자 분석을 하여 앤드류 터너가 맞는지 확인을 해야죠. 케이트의 증언을 뒷받침할 수 있을 거예요."

"후우……."

리처드가 한숨을 내쉬며 들고 있던 서류를 책상에 툭 던졌다. 그의 태도에 올리비아의 얼굴이 살포시 찡그려졌다.

"왜요? 뭐가 문제예요?"

"결국 네가 하고 싶은 말은 창준에게서 혐의를 벗겨달라는 것 아니냐."

"혐의를 벗겨달라는 게 아니에요. 그저 다른 가능성도 있다, 라는 걸 말하고 싶었을 뿐이죠."

"그러기에는 증거가 부족해."

"제가 지금 말한 정황증거와 폭사한 사체에 대한 유전자 감식 결과면 충분하잖아요. 이걸로도 부족하다는 건가요?"

발끈한 올리비아가 소리쳤다. 하지만 그걸 듣는 리처드의 얼굴은 강경했다.

"정황증거가 확실하면 그럴 수 있겠지. 하지만 결국 그 증언을 한 사람이 창준의 최측근이라고 할 수 있는 미스 프로시아가 아닌가. 그녀의 말에 신뢰성이 부족하니 무작정 그걸 믿고 인원을 이원화하기는 힘들어. 앤드류 터너마저도 창준이 준비한 것일 수도 있으니까. 이보다는 명백한 증거를 가져와야지."

"아버지!"

"이미 창준이 미스 워커를 암살하는 조작이 불가능한 영상을 얻었는데 다른 정황증거가 무슨 소용이 있겠나?"

올리비아는 입술을 깨물었다.

이게 문제였다.

마법으로 기억을 읽어서 창준이 필리다를 암살하는 장면을 고스란히 봤다. 지금까지 기억 조작은 할 수 없다는 게 정설이라 거의 확정적인 증거라 할 수 있었다.

지금 상황을 돌리려면 방법은 단 하나뿐이다.

'그것이 조작된 거라는 증거를 찾든지, 아니면 필리다가 자신을 암살한 상대에게 사용한 식별마법을 확인하는 것……'

필리다가 죽기 전 자신을 찌른 상대의 얼굴에 고대부터 내려오는 식별마법을 사용했다. 이걸 증명하면 창준이 진짜 범인인지, 아니면 또 다른 누군가가 기억을 조작하고 수작을 부렸는지 확인이 될 것이다.

그렇다고 이대로 가만히 있을 수 없다. 창준이 범인이 아니라면 앤드류 터너와 만난 누군가가 범인이라는 말이 될 테니까.

"후우……. 좋아요. 적극적인 지원을 바라지 않을게요. 대신 팀 하나만 부탁해요."

"말했듯이 지금은 창준에게 집중을……."

"창준이 범인이든 아니면 다른 누군가가 범인이든 앤드류 터너가 엮여 있는 건 맞잖아요. 제가 그쪽을 파볼 테니 인원만 지원해 달라고요."

올리비아의 말을 딱히 거부하기 어려웠다. 그녀의 말이 틀린 것은 아니었으니까.

"좋아. 그러면 팀 하나를 지원할 테니까 리얼 I.R.A 쪽을 조사해 보도록 해."

"알겠어요."

겨우 일개 팀 하나만 지원받기로 하고 리처드의 집무실에서 나온 올리비아는 다시 자신의 자리로 되돌아가며 생각했다.

'창준… 당신이 범인이 아니라면 저한테 연락을 줘요…….'

지금은 창준이 케이트의 말을 듣고 연락을 주기만 바랄 뿐이었다.

　　　　＊　　　　＊　　　　＊

　주하는 칭얼거리는 아기를 겨우 재우고 방에서 나왔다. 그
러자 식탁에 앉아 있던 신우가 물었다.

　"재웠어?"

　"응, 이제 자고 있어. 이대로 아침까지 계속 잠들었으면 좋
겠는데……."

　이제 태어난 지 몇 개월 되지도 않은 아기다. 당연히 몇 시
간 있으면 일어나서 칭얼거릴 걸 알고 있었다.

　방으로 가서 축 늘어지고 싶었던 주하의 귀에 신우의 목소
리가 들렸다.

　"잠깐 얘기 좀 하자."

　"지금?"

　신우는 고개를 끄덕였다. 너무나 피곤했기에 한마디 해주
고 싶었지만 주하는 아무런 말도 하지 않고 신우의 맞은편에
앉았다.

　주하가 아무런 말도 하지 못한 건, 신우의 표정이 심상치
않았기 때문이었다. 마치 당장 어디론가 사라질 사람처럼 보
였다.

　'설마… 아니겠… 지?'

재철이 불의의 사고로 목숨을 잃었다는 얘기를 들은 이후 신우의 얼굴에서는 웃음이 거의 사라졌다. 그리고 무언가 좀 불안정해 보이는 모습은 주하의 마음 한구석을 무겁게 만들었었다.

뿐만 아니라 요즘은 무슨 악몽을 그렇게 꾸는지 새벽에 일어나는 일도 많았다.

신우는 주하가 맞은편에 앉았는데도 아무런 말을 하지 않고 침묵만 지켰다.

이 모습이 하기 힘든 얘기를 하려는 거란 걸 눈치챘다. 신우는 항상 하기 힘든 얘기를 해야만 할 때에 꼭 이런 모습을 보였었으니까.

"술하고 안주 좀 가져올까?"

무거운 신우의 마음을 풀어주려는 듯 그동안 신우가 술 먹는 걸 질색하던 주하가 스스로 말했다. 하지만 신우는 고개를 흔들더니 이내 입을 열었다.

"…미안해."

"뭐가?"

"나… 당분간 멀리 떠나야 할 것 같아."

가슴이 철렁했다. 그녀가 생각했던 것처럼 신우가 지금 떠난다는 말을 하고 있었다.

신우가 국정원에서 일하고 있다는 건 알고 있다. 그리고 조금 위험한 일을 하고 있다는 것도 알고 있었다.

그렇기에 재철이 사고로 목숨을 잃었다고 했을 때, 그 말을 믿지 않았다. 단지 신우가 무사히 돌아왔다는 것만으로 감사하다고 마음속으로 되뇌었다.

그런데 이번에는 심지어 멀리 떠난다고 한다. 그것이 거리가 멀리 떨어진다는 것보다는 더 위험한 곳으로 간다는 말로 들렸다.

"가지 마. 가긴 어딜 간다는 거야?"

"주하야."

"안 그래도 이전부터 얘기하려고 했었어. 국정원에서 또 위험한 곳으로 보낸다는 거잖아. 이참에 그냥 거기 그만두고 다른 일을 알아보자."

"……."

"난 오빠가 돈을 적게 벌어도 상관없으니까 안전하기만 했으면 좋겠어. 나도 일하면 돼. 지금 당장은 아기가 너무 어려서 안 되지만 1년만 고생하자."

"주하야."

"1년 후에는 엄마한테 아기 좀 봐달라고 하면 돼. 그러면 나도 직장을 잡을 수 있고. 차라리 잘됐네. 오빠가 위험한 일을 하는 게 항상 마음에 걸렸었어."

"잠깐만, 내 얘기 좀 들어봐."

"무슨 얘기를 하려고? 웃기지도 않게 나라를 지키기 위해서라고 하지 마. 나라를 지키기 전에 나하고 아기를 지킬 생각을 하라고."

"국정원에서 보내려고 하는 게 아니야."

신우의 말에 주하가 말을 뚝 멈추더니 다시 말했다.

"…그러면?"

"…재철 선배……. 단순 사고로 죽은 거 아니야. 사실 내가 죽을 상황이었는데, 재철 선배가 나를 구해주고 대신 죽었어."

"……."

"선배가 죽기 전에 말하더라, 애기 잘 키우라고……. 그게 형 유언이었어."

설마 이런 얘기가 나올 거라고는 상상도 못 했었다. 대체 뭐라고 말을 해야 할지 모르겠어서 주하는 입만 달싹거릴 뿐 아무런 말을 하지 못했다.

"근데 그냥은 살 수 없겠더라. 매일 잠에 들면 재철 선배가 죽는 모습이 계속 보여. 이대로는 못 살아. 최소한 재철 선배가 편안히 가도록 해줘야 돼."

"……."

"국정원 일은 그만둘 거야. 그리고 재철 선배를 죽인 놈들을 찾을 거야."

"자, 잠깐만… 잠깐만 기다려 봐. 그래서 지금 복수를 하러 간다는 거야?"

"그런 건 아니야. 복수도 능력이 있어야 하지. 나는 그놈들에게 복수할 능력이 없어. 단지… 숨어 있는 그놈들을 찾을 거야. 거기까지가 내가 할 일인 것 같아."

"…미쳤구나."

도저히 좋은 말이 나오질 않았다.

신우가 말하는 놈들이 누군지 가늠도 되지 않는다. 하지만 복수할 능력도 없다는 걸 보면 어마어마하게 위험한 놈들이라는 건 알겠다.

그런데 그런 놈들을 찾아서 가족을 떠날 거라니 절대로 좋은 말이 나올 수 없었다.

"주하야……."

"미치지 않았으면 그런 얘기를 할 수 없잖아! 오빠 이제 아기가 있는 사람이야. 오빠가 할 일은 우리를 보호하는 거라고. 재, 재철 씨도 그랬다며… 아기 잘 키우라고 했다며! 그런데 이게 뭐 하는 거냐고!"

"그럴 거야. 그 전에 이걸 꼭 해야 되니까 그래. 안 그러면… 나는 살아도 사는 게 아닐 거야."

"웃기지 마! 난 그런 헛소리 듣고 싶지 않아. 절대 못 보내 주니까 그렇게 알아!"

"주하야."

"시끄러!"

어느새 목소리가 높아져 자고 있던 아기까지 깨어나 방에서 울고 있었다. 자리에서 일어난 주하는 방으로 들어가 아기를 안고 나왔다.

"잘 봐. 당신 아기야. 나하고 아기를 두고 목숨을 걸어가며 그렇게 떠날 거라고 하지 마."

"…미안하지만 난 허락을 구하는 게 아니야. 마음에 준비를 하라고 말해주는 거야."

"못 가! 갈 거면 이혼서류에 도장 찍고 가! 난 분명히 얘기했어!"

주하는 아기를 안고 방으로 들어가 문이 부서져라 닫았다.

"재수씨가 뭐라고 하냐?"

"이혼서류에 도장 찍고 가라고 하더라."

"당연하겠지. 그러니까 왜 사서 고생이야? 으휴, 이 미친 놈……."

자조적인 미소를 짓고 있는 신우를 보며 동기인 백광두가 혀를 찼다.

얼마 전에 그 난리를 치고 나온 신우는 바로 다음 날 국정원에 사표를 제출했다. 그걸 말해줬더니 주하는 싸늘히 그를 노려보고는 그때부터 신우와 한마디도 섞지 않았다.

주하가 아무런 말을 하지 않아도 신우의 떠날 계획은 바뀌지 않았다.

대략적으로 조사를 시작할 곳을 찾은 신우는 비행기 표를 준비하고 출발해 지금 인천공항에 도착했다.

배웅을 나온 건 백광두가 유일했다.

동기인 백광두는 이번 신우의 계획에서 중요한 역할을 맡고 있었다. 국정원에서 정보를 몰래 공유해 주기로 한 것이다. 들통나면 위험한 일인데도 백광두는 거절하지 않았다.

"비행기 시간은 몇 시야?"

"이제 곧 들어가야 돼. 나하고 연락하는 방법은 기억하고 있지?"

"걱정 마라. 네 목숨이 걸려 있는데 그걸 잊겠냐? 너야말로 내가 말한 사람을 찾아가서 얘기나 잘해. 그리고 위험하다 싶으면 얼른 도망가는 거 잊지 말고."

피식 웃은 신우는 백광두와 굳게 악수를 하고 슬슬 입국심사장으로 향했다. 그런데 몇 걸음 걷기도 전에 신우의 발걸음이 멈췄다.

"주… 하야……."

어떻게 알고 왔는지 주하가 아기를 안고 서 있었던 것이다.

그런 신우의 뒤에서 백광두가 멀어지며 말했다.

"인사는 해야 되지 않겠냐고 내가 알려줬다. 난 간다!"

혹시나 신우가 뭐라고 할 것이 두려웠는지 백광두는 빠르게 사라졌다.

서로 바라보고 있던 두 사람 중 주하가 먼저 그에게 다가왔다. 그러곤 떨리는 목소리로 말했다.

"오빠 진짜 나쁜 사람이야. 알지?"

"…미안해."

"아무리 그래도 언제 떠나는지 말도 안 하고 가면 어떡해? 이렇게 갈 거면 이혼서류라도 남겨놓고 가든가."

"내가 할… 말이 없다."

"아기나 받아. 언제 올지도 모른다면서. 아기가 아빠 얼굴 잊어먹지 않게 도장이라도 찍어야 할 것 아냐."

아기를 받은 신우는 작게 웃으며 아기의 앞에서 눈을 끔뻑거렸다. 그러자 아기는 아빠가 장난치는 걸 알았는지 까르륵 웃는다.

그런 신우를 주하가 등에서 안아왔다.

"주하야."

"꼭, 꼭… 돌아와야 해? 나 과부 만들고 우리 아기를 아빠 없는 애로 만들면 안 돼."

"반드시 돌아올게."

"오빠가 안 돌아오면… 나도 못 살아. 우리 아기 고아가 되는 거라고. 그러니까 꼭 돌아와야 돼."

　신우는 주하가 얼굴을 묻은 자신의 등이 조금씩 젖어가는 게 느껴졌다.

　뭐라고 말을 하지 못한 신우가 주하의 손을 살며시 잡았다.

CHAPTER
03

다시 만나다

ALCHEMIST

레드 웨이브라는 카페는 런던 외곽에 있는 주거 지역에 위치해 있었다. 보통 사람들은 이곳을 흔치 않은 24시간 카페라고만 알고 있을 뿐이었다.

하지만 이곳이 중국 국가안전부에서 만든 안전 가옥이라는 사실을 아는 사람은 영국에서 활동하는 몇몇 요원을 제외하고 아는 사람이 없었다. 심지어 MI5에서도 말이다.

1층은 평범하게 생긴 조그만 카페일 뿐이지만, 주방에 있는 비밀문을 통과하여 지하로 내려가면 무려 3층으로 이뤄진 안전 가옥이 나온다.

창준은 바로 이곳에 있었다.

3주 전 연락을 취하고 이곳에 온 창준은 그동안 안전 가옥에서 나간 적이 없었다. 간혹 집이나 케이트에게 전화를 하려면 이곳에 있는 보안전화를 이용해 전화를 하면 되었고, 외부로 나갈 일이 없으니 굳이 나갈 생각도 하지 않았다.

3주나 되는 시간 동안 창준이 무료하게 시간만 보내고 있었던 건 아니었다. 자신의 힘을 중국에 낱낱이 보일까 싶어 직접 수련을 하지는 않았지만, 머릿속으로 이미지트레이닝을 하거나 마나를 모으는 일들을 하고 있었다.

오늘도 마찬가지였다.

침대와 의자, 테이블이 있는 단출한 공간에서 바닥에 가부좌를 틀고 앉아 눈을 지그시 감고 화두 하나를 떠올리고 있었다.

'깨달음, 깨달음…….'

창준은 7서클에 올라갈 준비가 충분히 되어 있는데도 7서클에 도달하지 못한 이유를 깨달음 때문이라 생각했다. 필리다 역시 요리를 하다가 깨달음을 얻어 7서클에 올랐다고 하지 않았던가.

그녀가 배운 마법과 자신이 배운 마법은 성격이 다르기는 하나 지금 창준이 매달릴 것은 그것밖에 없었다.

어떤 것이 깨달음으로 이어질지 모르니 무작정 이렇게 머릿속으로만 깨달음이란 글자를 계속 되뇌고 있기는 했지만 말이다.

한참을 그러고 있던 창준은 이내 스르륵 눈을 뜨며 한숨을 내쉬었다.

"모르겠네."

벌써 3주나 이러고 있었는데 도저히 잡히는 게 없었다. 덕분에 지겹지는 않았지만 그걸 제외하고 얻은 것도 없었으니 답답할 노릇이었다.

'무언가 계기가 있어야 되는 건가? 아무래도 이러고 있는 건 전혀 도움이 되지 않을 것 같아.'

이제 깔끔하게 미련을 털어버려야 되는 건가 생각하던 창준의 귀에 누군가 자신이 있는 방으로 걸어오는 발소리가 들렸다.

익숙한 발소리에 상대가 누군지 쉽게 짐작할 수 있었다. 적어도 이틀에 한 번씩은 찾아오는 사람이었으니 이제는 발소리로 판단할 수 있을 정도였다.

잠시 후 문을 두드리는 소리가 들렸다.

"들어오세요, 주 대인."

"내가 방해한 건 아니겠지?"

웃으며 들어온 주강은 웃으며 편하게 말을 걸었다.

창준과 자주 만나면서 주강은 자연스럽게 말을 놨다.

주강의 나이는 할아버지라고 불려야 할 수준이었다. 그러니 그가 말을 놓아도 기분 나쁠 건 없었다.

호칭도 붙였다. 한국어로 대화를 하는데 나이 차이가 있으니 이름을 부르기 힘들고, 딱히 직급이 있는 것도 아니라고 하니 그냥 대인이라 부르는 것이다.

중국에서는 대인이라는 호칭이 높은 사람을 부르는 말이라 이렇게 불렸던 건데 주강이 의외로 많이 좋아해 줬다.

"오늘은 어디에 다녀왔어요?"

"남서쪽에 있는 바스라는 곳에 다녀왔지. 거기가 자연 온천으로 유명한 휴양도시라고 하더니만 역시 볼만한 건 별로 없었어. 아기자기해서 눈노 별로 안 가고… 온천에서 몸이나 지지다 왔지."

"좋으셨겠네요."

주강의 관광평은 거의 다 이런 식이었다.

중국 사람들이 자국에 대한 자부심이 대단하다는 말은 들었지만, 그래도 관광인데 몽땅 중국만 못하다는 식으로 말한다.

그럴 거면 뭐 하러 관광을 다니느냐고 말하고 싶었으나 참았다. 신세 지는 입장에서 면박을 줄 수는 없는 건 아닌가.

"그런데 전부터 묻고 싶었던 건데요. 그렇게 관광을 다녀도 돼요?"

"그게 어때서?"

"아니, 일단 주 대인 신분도 신분이고… 여기까지 왜 오셨는지 모르지만 관광만 다녔다고 하니까요."

"여기까지 내가 왜 왔는지 보면 모르겠나? 관광왔네. 뭐… 본국에다가는 자네 핑계를 댔지만 본래 목적은 관광이야. 내가 언제 다시 영국에 올지 모르는데 유명한 관광지는 다 돌아봐야지."

그래 놓고 관광지에 대한 평가가 박한 주강이었다.

"그리고 내 신분이 뭐가 어때서? 어차피 영국에서는 내가 누군지도 몰라. 면전에서 인사를 해도 모를걸. 내 신분은 본국에서도 특급 기밀에 들어가니까. 그리고 본국에서도 내 얼굴을 아는 사람이 별로 없지. 한 번이라도 만나면 영광이라는 놈들은 많지만 말이야. 자네는 그런 사람을 이렇게 만나는 거야."

"…그것 참 영광이네요."

창준은 이곳에 머물면서 주강을 만나게 될 거라 생각하지는 못했다. 전화를 했을 때도 찾아오겠다고 하지는 않았었다.

지금은 이렇게 자주 만나고 있기는 하나 주강이 딱히 자신을 회유하려고 하지도 않았고, 겨우 이틀에 한 번 정도 찾아와 잠깐 말동무나 하고 돌아가는 수준이었다. 이제는 진짜 주강이 영국에 관광을 온 것 같다고 생각하고 있었다.

"그런데 수련을 잘되고 있나?"

창준이 수련하고 있다는 건 비밀도 아니었다. 어차피 직접 힘을 보이는 게 아니니 수련하고 있다고 말하더라도 전혀 문제가 되지는 않았다. 오히려 특별한 일이 아니면 찾아오지 않으니 편하고 좋았다.

"별로 상황이 좋지는 않네요. 생각보다 깨달음을 얻기가 어려워요."

"으하하! 자네 참 재미있는 말을 하는군. 아니, 꽤나 재수 없다고 해야 되는 건가?"

"네? 뭐가요?"

"겨우 삼 주 정도 시간을 수련해 놓고 깨달음을 얻기를 바란다니까 하는 말이네. 음… 마법의 깨달음은 다른 건가? 내가 마법은 잘 모르니까……"

"무인들은 깨달음은 오래 걸리나요?"

"평생 깨달음을 얻지 못하는 사람들이 대다수지. 자네가 배운 마법도 대단한 수준의 경지에 오르는 사람이 많지 않다면 무인과 다를 것도 없을걸?"

마법사라고 무인과 다르지 않다. 7서클에 오른 필리다 수준의 마법사는 아마도 유럽에서 한 손을 넘어가지 않을 거라고 생각하고 있으니까.

'내가 너무 급하게 생각하는 걸지도……'

지금까지는 아스란이 안배한 것에 따라서 대단히 쉽게 6서클에 올랐다. 하지만 깨달음을 얻어야 하는 7서클부터는 그런 안배가 있을 수 없다. 아니면 아스란이 안배를 했음에도 창준이 그걸 얻지 못하고 있던가.

'급하게 생각하지 말자고 하면서도 마음 한구석에는 그런 마음을 지울 수 없었나 보구나. 7서클의 흑마법사가 있다는 생각에 급한 마음을 접을 수 없었던 거겠지.'

스스로 반성을 한 창준은 가슴속 깊은 곳에 있던 조급함을 이제야 벗어던진 것 같았다.

옆에서 창준의 얼굴이 여러 번 변하는 걸 지켜보고 있던 주강은 그의 얼굴이 차분하게 변하게 묘하게 웃으며 말했다.

"깨달음을 얻었군."

"네? 그런 게 아닌데요. 전 그냥 조급함을 버리자고 생각했을 뿐이에요."

"자네 무력에 대한 얘기가 아니었네. 정신적으로 깨달음을 얻었다는 말이었지."

"아… 마음은 좀 편해졌습니다."

"좋은 마음가짐이야. 기분 좋은 조언을 하자면, 자네와 같은 마음을 갖는 자가 깨달음을 얻는 경우가 거의 대부분이더군."

진실인지 아닌지 알 수 없지만 주강의 말은 꽤 기분이 좋기는 했다.

"그런 의미로 나와 대련 한 번 하는 게 어떤가?"

"전부터 말했지만 사양하겠습니다."

주강의 말에 창준은 조금도 생각하지 않고 바로 대답했다.

전에는 잘 몰랐었지만 지금은 알고 있다. 주강은 자신보다 강했다. 어느 정도 차이가 나는지는 모르겠으나 그보다 약한 건 확실했다.

딱히 싸움을 즐기는 성격도 아니었고 대련이기는 하나 애초에 질 것 같은 싸움을 하고 싶지도 않았다.

"아니, 왜 대련을 피하는 건가? 대련 한 번에 얻을 수 있는 게 얼마나 많은데. 본국에서는 나하고 대련을 하고 싶다고 간청을 하는 사람만 줄을 세워도……."

"전 지는 싸움은 하기 싫습니다. 그렇게 대련하고자 하는 사람이 많으면 그 사람들과 하면 되겠네요."

"자네에게도 도움이 된다니까. 대련을 통해서 자네가 얻고자 하는 깨달음을 얻을 수도 있는 것 아닌가."

틀린 말은 아니었다. 하지만 창준은 대련을 함으로써 경험을 얻을 수는 있겠지만 깨달음은 얻지 못할 거라는 생각이 확고하게 들었다.

애초에 마법은 아스란의 세계에서 학문에 들어갔었다. 그런 성향 때문인지 전장이나 싸움을 통해서 마법에 대한 깨달음을 얻었다는 말은 없었다. 오히려 아스란은 모든 관계를 정리하고 인적이 드문 곳에서 마법에 대한 고찰을 권장했다.

대련을 하자고 주강이 연이어 졸랐지만 창준의 의사는 확고했다. 한참을 그러고 나서야 대련을 받아들이지 않을 걸 알았는지 이내 대련에 대한 얘기는 없어졌고 그저 신변잡기에 대한 얘기를 좀 하다가 자리에서 일어났다.

"이번에는 어디로 가는 겁니까?"

"북부로 가보려고 한다네. 아일랜드 지방으로 넘어갈 수도 있고. 아무튼 다음에 보자고."

옆 동네 놀러가는 것처럼 대수롭지 않게 말한 주강은 창준의 방에서 나갔다.

창준은 다시 수련을 하려고 하다가 머리를 긁적이고는 자리에서 일어났다.

'조바심을 버린다고 했는데 또 수련하려고 했네. 쩝. 습관이 되어버렸나 봐.'

방에서 나온 창준이 보안전화가 있는 작은 방으로 들어갔다.

이 방에서 나온 대화는 안전 가옥에서도 녹음을 하지 않는다고 들었다. 그들의 얘기를 모두 믿을 수 없기에 속내를 모두 밝히는 대화를 하지는 않았지만 말이다.

방에 있으면 또 수련하려고 할까 봐 나와서 보안전화가 있는 곳에 온 것이지만, 딱히 전화를 할 곳이 있는 건 아니었다. 잠시 어디에 전화를 할까 생각하는데 그의 손가락은 습관적으로 누군가의 전화번호를 누르고 있었다.

—여보세요?

"케이트? 나예요."

—알스!

당연하게도 그가 전화를 한 곳은 영국에 있는 미국대사관에 있는 케이트의 휴대전화였다.

처음 케이트에게 연락을 했을 때, 그녀가 결국 미국이나 한국으로 돌아가지 않고 영국에 머물고 있다는 사실을 알고 엄청 화를 냈었다. 하지만 창준보다 더욱 화를 내며 달려드는 케이트의 태도에 이내 입을 다물고 말았다. 케이트가 그렇게 화를 내는 건 처음 봤었다.

결국 창준은 케이트가 영국에 머무는 걸 용인하고 말았다. 대신 절대로 미국대사관 밖으로 나가지 않기로 약속을 받아냈다. 케이트 역시 그 부분에 대해서는 창준의 의견에 동의하는 사항이어서 딱히 반대하지 않았다.

그 이후 창준은 생각보다 꽤 자주 케이트에게 연락을 하고 있다. 전처럼 매일 연락하는 건 아니지만 그래도 사흘에 한번 정도는 딱히 할 말이 없어도 그녀에게 무슨 일은 없는지 확인하는 의미로 연락을 했다.

오늘 역시 마찬가지였다. 평소처럼 그녀에게 무슨 일은 없는지 확인할 겸, 수련에 대한 생각을 지울 겸 전화를 한 거였다.

하지만 케이트에게 예상하지 못한 얘기가 나왔다.

─브리스톨을 만났었어요.

"올리비아를? 당신이 미국대사관에 있는 걸 알아챘어요?"

─저를 체포할 생각은 아니었어요. 서로 모르는 사실들에 대해 얘기를 나눴죠. 저는 그날에 있었던 일을, 미스 브리스톨은 왜 MI5가 알스를 쫓는지를요.

케이트의 말에 창준의 눈이 빛났다.

지금까지 국정원은 물론이고 중국 국가안전부에서도 이유를 찾으려고 노력하고는 있으나 전혀 알아내지 못하고 있었다. 무슨 이유로 자신을 잡으려고 하는지 알아야 이걸 해결하든지 할 것 아닌가.

드디어 그 이유를 알게 되었다는 생각에 창준이 급히 물었다.

"그래서 뭐라고 해요?"

─그쪽에서는 알스가 미시즈 워커를 암살했다고 생각하고 있더군요.

"미시즈 워커? 그게 누구… 아! 필리다?"

전혀 예상하지 못했다. 그렇기에 미시즈 워커라고 했을 때 바로 알아듣지 못했다.

필리다는 창준에게 주강처럼 자신이 이길 수 없겠다는 생각을 갖게 한 몇 안 되는 사람이었다. 그런데 그런 사람이 어떻게 암살을 당했다고 생각할 수 있겠는가?

"필리다가… 암살을 당했다고요?"

─네, 분명 그렇게 들었어요. 그래서 MI5에서 당신을 잡으려고 했던 거예요.

필리다가 암살당했다는 게 믿기지는 않지만 이미 벌어진 일이라니 이해하고 넘어가려고 했다. 하지만 그렇다고 자신을 죽이려고까지 했다는 건 이해할 수 없었다.

"잡으려고 한 게 아니라 죽이려고 했던 거 같던데, 뭔가 변명 같네요."

─…그것도 좀 이상해요. 미스 브리스톨의 말에 따르면 암살 시도는 계획되지 않았던 거라고 하더라고요. 오히려 우리가 자고 있는 사이에 암살당할 뻔했다는 말을 듣고 깜짝 놀라더니 내부에서 확인해 보겠다고 몽타주까지 작성해 갔어요.

이렇게 나오면 정말 이상해진다.

자신이 하지도 않은 일들이 벌어졌다고 누명을 썼고, MI5에서는 시키지도 않은 암살을 당할 뻔했다는 두 가지 사실이 합쳐지면 MI5에서도 이제는 알고 있을 것이다.

'모든 음모를 짠 제삼자가 더 있다는 걸 이제야 MI5에서도

알아챘겠군.'

그렇다고 MI5에 무한정 신뢰를 보낼 수는 없었다. 자신에 대한 누명이 완전히 벗겨졌으면 최소한 케이트에게라도 말을 했을 것이다.

얘기가 없으면 아직 자신이 최고 용의자고 그렇게 생각할 수밖에 없는 강력한 증거가 있다라고 생각할 수 있었다.

"올리비아가 다른 말은 없었어요?"

—저에게 전해준 얘기를 전달하고 연락을 달라고 하더군요. 자신은 알스의 편이라고요.

지금까지 봐온 올리비아의 행보는 그녀의 말처럼 보이기는 했다. 그녀가 MI6에 소속되어 있을 때도 CIA에 억류되어 있던 자신을 구하기 위해 상부의 명령을 어기기도 했었으니까.

전화를 끊은 창준은 고민을 했다. 어떤 방식으로든 결정을 해야 되는 상황이었기 때문이다.

어차피 그토록 알고 싶었던 MI5가 자신을 잡으려는 이유는 알게 되었다. 이 상황을 끝내려면 최소한 올리비아와 논의를 해야 될 것 같다는 것도.

고민을 멈춘 창준은 전화를 걸었고 올리비아가 전화를 받았다.

"올리비아? 우리가 해야 될 얘기가 상당히 많은 것 같죠?"

"그래서요?"

"리얼 I.R.A에 있는 정보원의 얘기에 따르면 앤드류 터너는 리얼 I.R.A에서 탈퇴하고 모습을 감춘 지 상당한 시간이 지났다고 합니다. 리얼 I.R.A가 배후에 있을 가능성은 완전히 날아간 거죠."

대단히 기대하며 큰 증거라도 나오길 바랐던 앤드류 터너에 대한 조사는 생각보다 지지부진했다. 증거라 생각하고 파고들면 전혀 상관없는 얘기가 나오거나 엉뚱한 곳으로 이야기가 번져갔다.

이미 MI5와 MI6에서 지낸 시간이 긴 올리비아는 이것들이 잠적하기 위한 방법이라는 걸 빤히 알고 있었다. 사흘이란 시간이 지났는데도 아직까지 실체를 파악조차 하지 못하고 있는 것이다.

"후우. 알겠어요. 더 확인을 해보고 쓸 만한 이야기가 있으면 알려주세요."

잔뜩 피곤한 얼굴이 된 올리비아가 말하자 보고를 하던 남자는 올리비아의 집무실에서 나갔다.

전화벨이 울린 건 바로 그때였다.

전혀 모르는 전화번호를 보고 지금 머리가 너무 아프니 받지 말까 고민하던 올리비아는 이내 전화를 받았다. 혹시 기다리던 사람에게서 온 전화일 수 있으니 선택의 여지는 없었다.

그리고 전화를 받길 잘했다.

그녀가 기다리던 바로 그 전화였다.

―올리비아? 우리가 해야 될 얘기가 상당히 많은 것 같죠?

"창… 준?"

올리비아가 떨리는 목소리로 창준의 이름을 부르자 수화기 너머에서 창준이 살짝 웃는 소리가 들려왔다.

―맞아요. 지금 전화 가능한가요?

"네! 당연히요! 묻고 싶은 것도 많고 하고 싶은 말도 많아요!"

―이미 케이트에게 얘기를 들었겠지만, 나는 필리다를 암살하지 않았어요. 그 시간에 호텔에 있었는데 어떻게 암살하겠어요?

"그 얘기도 알아요. 아무튼 우리 만나요. 전화로 할 얘기는 아닌 것 같으니까요."

―아직은 MI5와 접촉할 생각이 없어요.

"MI5와 만나자는 게 아니에요. 저하고 만나요. 케이트에게 하지 못한 얘기도 많아요."

창준이 잠시 망설이다가 대답했다.

―좋아요, 만납시다. 이대로 가만히 있어봤자 상황이 바뀌지는 않을 것 같으니……

올리비아는 자신도 모르게 손을 불끈 쥐었다. 이제 상황이 뒤바뀔 계기가 마련된 느낌이었다.

"어디서 만날까요?"

―제가 정해요? 저는 이번이 영국 초행이라고요. 올리비아가 알려줘요.

접선 장소를 정하는 건 대단히 중요한 일이다. 특히 서로를 믿지 못하는 상황에선 말이다.

그런데 접선 장소를 알아서 정하라는 창준의 말에 그녀는 자신을 얼마나 믿는지 신뢰를 보여준 것 같아서 기분이 매우 좋아졌다.

"그러면… 워털루 스테이션(Waterloo Station)에서 만나요."

워털루 스테이션.

한때는 유로스타의 발착역으로 영국에서 가장 많은 사람이 이용하는 역이었다.

지금은 발착역이 세인트 판크라스 스테이션(St.Pancras Station)으로 바뀌면서 그나마 사람이 줄었는데, 그래도 런던에서 가장 바쁘고 사람이 많은 기차역을 말하면 꼭 나오는 곳이 바로 이 워털루 스테이션이었다.

올리비아의 입장에서는 사람이 없는 곳에서 창준을 만나는 게 가장 좋다. 하지만 그렇게 했을 때, 창준이 그녀를 의심

할까 두려워 오히려 창준에게 유리한 장소를 말한 것이다.

─워털루 스테이션이요? 사람 많은 곳은 질색인데… 뭐, 그곳이 편하다면 어쩔 수 없네요.

대수롭지 않게 말하는 창준의 말에 올리비아가 어색한 미소를 지었다. 그의 사정을 봐줘서 선택한 건데 오히려 올리비아에게 유리한 인적 드문 곳을 원하다니 대체 무슨 배짱인가 싶었다.

"찾아올 수 있겠어요?"

─거기 유명한 곳이잖아요. 걱정 말아요.

MI5의 이목을 피해 찾아올 수 있겠냐는 말이었으나 창준은 그 이면을 전혀 읽지 못하는 것 같았다.

약속 장소에 대해서 자세히 정하고 난 이후 전화를 끊은 올리비아는 서둘러 옷을 챙기고 자신의 사무실에서 달려 나갔다.

아직 2시간이나 남았으나 시간을 맞춰 출발할 생각은 전혀 없었다.

*　　*　　*

요즘 제프리의 기분이 별로 좋지 못하다는 건 그를 아는 사람들 모두가 느끼고 있었다.

정확한 원인을 아는 사람은 없었으나 아마도 영국의 심장인 런던에서 일어난 테러 때문일 거라 생각했다.

사실 그의 기분이 별로 좋지 않은 이유가 런던 테러 때문인 건 맞지만, 정확한 이유는 그들이 짐작한 것과 달랐다. 그가 바랐던 상황대로 일이 풀려나가지 않았기 때문이었으니까.

창준이 MI5의 포위망을 빠져나간 것부터 일이 틀어지기 시작했다. 그래도 크게 당황하지 않았던 이유는 창준이 다크 더스트에 중독되었다는 걸 알고 있었기 때문이었다.

비록 필리다를 암살할 때처럼 완전히 무력화시키지는 못했으나 그가 알기로 다크 더스트는 마법사가 해독할 수 있는 것이 아니니 창준이 죽는 긴 시간문제라 생각했었다.

그런데 지금까지 모은 정황증거를 합쳐보면 아무래도 창준은 다크 더스트를 어떤 방식으로든 해독한 것 같았다. 그러고는 어디론가 잠적에 들어갔다.

밀러 회장은 작전의 성공 여부를 물어왔고 제프리는 긍정적인 대답을 줄 수 없었다.

─알 수 없군. 대체 어떻게 다크 미스트를 버틴 거지?

"아마도… 내가 분량 조절을 실패했던 것 같아. 필리다에게 너무 많은 양을 사용했겠지."

─그러면 앞으로 어떻게 할 생각이지? 그를 처리할 수 있나?

"찾기만 한다면 내가 직접 나서서라도 처리할 거야."

─마스터께서는 어떤 방법을 사용하더라도 그를 죽이라고 명하셨다.

"그 말은 외부에 우리 존재가 알려져도 상관이 없다는 말인가?"

─어차피 이제는 상관없는 일. 오히려 이번에 우리 존재가 알려지면 세상의 혼란을 가중시킬 수 있겠지.

"그렇다면 내 마음이 편해지는군. 다음에 연락할 때는 좋은 소식을 알려주도록 하지."

─명심하도록 해. 그를 죽이는 건 마스터까지 신경을 쓰는 일이야. 실패했을 때는… 자네 혼자 결과를 모두 떠안아야 할 거야.

밀러 회장은 확실한 경고를 날렸다. 실패한다면 아마도 조직에서 도태될 것이 분명했다.

창준을 찾기 위해서 제프리가 선택한 방법은 MI5에 있는 올리비아를 감시하는 것이었다.

지금까지 창준은 MI5의 수색에서도 모습을 보이지 않고 있었다. 공개적으로 시민들의 도움을 받는 것이 아니라면 MI6라고 해도 MI5와 큰 차이를 보이지 않을 것이다.

그렇다면 창준을 가장 잘 알고 있는 사람의 뒤를 쫓는 게 가장 좋은 방법이라 생각했다.

그리고 그의 생각은 맞았다.

미국대사관에 있는 창준의 비서 케이트를 만나는 걸 포착했다. 뿐만 아니라 그들이 무슨 대화를 하는지도 모두 녹음할 수 있었다.

미국대사관 내부에 도청장치를 설치할 수는 없다. 그렇기에 조금 더 현대적인 방법을 사용했다.

눈에 보이지 않는 레이저를 그들이 있는 회의실 창문으로 쏴서 그들이 하는 대화의 진동을 파악하는 방식이었는데, 도청장치보다 유용하기에 MI6에서 흔히 사용하는 방법이었다.

그들의 이야기는 어차피 거의 알고 있다. 모두 그가 준비할 얘기였으니까.

어차피 올리비아가 앤드류 터너를 아무리 파고들어도 얻을 수 있는 정보는 제로에 불과했다. 또 MI5에서도 너무나 명확한 증거가 있는 이상 수사 방향을 다른 쪽으로 돌리지 않을 것이다.

모든 건 그의 생각대로 흘러갔다. 그리고 그의 생각처럼 바로 오늘 창준과 연락하는 걸 포착할 수 있었다.

'자… 그러면 이제 어떻게 할까?'

창준과 올리비아가 만나는 장소와 시간을 모두 알아냈다. 이제 창준을 어떻게 처리할 것인지만 생각하면 된다.

몇 가지 방법이 있었다.

직접 찾아가서 창준과 올리비아를 같이 처리할 수도 있고, 아니면 MI5에 알려 창준을 체포하도록 하고 올리비아는 내부 반역자로 같이 처리할 수도 있다.

'MI5에 알리는 건 넘어가지. 다시 창준을 놓치면 일이 복잡해져.'

그렇다고 직접 찾아가는 것도 부담스럽다.

장소가 워털루 스테이션이다. 사람도 많고 행여나 자신이 흑마법을 배웠다는 걸 사람들에게 들키면 조금 아쉬울 것 같았다. 아직 창준을 처리한 것도 아니었으니까.

그렇다고 마법 자체를 사람들에게 노출하면 안 된다는 생각이 있는 것도 아니었다. 그들의 조직 자체도 그런 부분에서는 신경도 쓰지 않고 있었다.

만약 그런 부분에 대해서 신경을 썼다면 애초에 라스베가스에서 문제를 일으키지도 않았을 것이다.

'그 녀석들이 이제 4서클에 달했다고 했었지? 이럴 때 쓰려고 씨앗을 뿌린 놈들이었으니 그놈들에게 시켜야겠군.'

제프리가 흑마법을 배울 수 있도록 모임에서 지원을 받았던 것처럼 제프리를 통해서 흑마법의 은사를 받은 수하들이 있었다. MI6에도 속하지 않고 자신에게 목숨을 바칠 정도로 충성을 바치는 수하들이.

제프리가 받은 것과 다르기는 하지만, 밀러 회장에게 받은 씨앗은 흑마법을 사용하도록 신체를 개조해 준다. 그것도 제 프리에게만 복종하도록 말이다.

복종의 씨앗이라 불리는 이것을 받은 수하들이 지금 4서클 까지 올라왔다는 보고를 얼마 전에 받았었다.

그들이라면 흑마법을 사용하든지 아니면 다른 방법을 사 용하든지 창준과 올리비아를 처리할 수 있을 것이라 생각했 다.

즐거운 기색의 제프리는 보안이 적용된 폰을 꺼내 어디론 가 전화를 걸기 시작했다.

*　　　*　　　*

빅토리아 시대(1837~1901)에 준공된 워털루 스테이션은 하늘에서 내려다보면 길게 애벌레 같은 모양을 하고 있다.

이제 유로스타가 이곳에서 발착하지 않지만 관광객들이 꽤 많이 찾아오는 곳이라 여전히 많은 사람들이 북적이고 있 었다.

일찌감치 출발한 올리비아는 약속 시간까지 아직 1시간이 넘도록 남았는데 벌써 도착하고 말았다. 조급한 마음에 미리 출발한 거라 이렇게 빨리 도착할 거라고 짐작은 하고 있었다.

창준과 만나기로 한 워털루 스테이션 내부의 카페로 걸어간 올리비아는 차 한 잔을 시키고 의자에 앉아 복잡한 머릿속을 정리하기 시작했다.

'일단 미스 프로시아에게 했던 얘기를 먼저 정리하고… MI5의 공식 입장도 전해야겠지? 이 부분에서는 기분 나빠 할 수 있으니까 조심스럽게 접근하는 게 좋겠어. 증거에 대해서도……'

시간이 많이 남기는 했지만 그녀는 머릿속으로 창준을 만나서 어떻게 이야기를 풀어나갈 것인지에 대한 시뮬레이션을 해봤다.

사실 그녀가 MI5, MI6에서 만났던 사람들과 비교하면 창준은 까다로운 사람이 아니다. 쉽게 마음을 열지는 않지만 무리한 요구도 하지 않는 부류라 할 수 있다.

그런데도 이렇게 미리 준비하는 건 이번에 일어났던 일이 너무 심각한 일이기 때문이리라. 아니면… 다른 이유 때문일 수도 있지만 올리비아 역시 자신의 마음을 정확히 파악하고 있지 못했다.

얼마나 집중해서 시뮬레이션을 하는지, 올리비아는 뒤에서 다가오는 사람을 느끼지 못하고 있었다.

"무슨 생각을 그렇게 하고 있어요?"

갑자기 맞은편 자리에 털썩 앉은 창준이 말을 걸어오자 화들짝 놀란 올리비아가 말을 더듬었다.

"차, 창준!"

"뭘 그렇게 놀라요? 아차! 저하고 만나기 전에 다른 사람 만나기로 되어 있던 건 아니겠죠?"

"그럴 리가요! 버, 벌써 약속 시간이 된 거예요?"

시계를 보니 아직 약속 시간까지는 1시간 정도 남아 있었다.

창준은 당황하고 있는 올리비아를 보며 피식 웃었다.

"숨어 있는 것밖에 할 것도 없어서 좀 빨리 왔어요. 저야말로 올리비아가 이렇게 빨리 와 있을 줄은 몰랐네요."

"그만큼 중요한 일이니까요."

얼른 당황한 얼굴을 감춘 올리비아가 대답했다. 당황한 얼굴은 감췄으나 그녀의 가슴은 여전히 빠르게 뛰고 있었다.

올리비아가 지금 어떤지 전혀 파악하지 못한 창준은 대수롭지 않게 말을 이었다.

"케이트에게 얘기는 들었어요. 필리다가 암살을 당했다는 것부터 우리를 죽이려고 했던 사람은 MI5의 요원이 아니었다는 얘기까지요."

"맞아요."

"그럼 좀 더 자세한 얘기를 해주시겠어요?"

창준의 말에 올리비아가 고개를 끄덕이고는 잠시 숨을 고르며 빠르게 뛰는 가슴을 진정시켰다. 그리고 조금 진정된 것 같자 미리 시뮬레이션하고 있던 얘기를 천천히 말하기 시작했다.

올리비아의 얘기는 케이트가 전해준 것과 특별히 다른 게 없었다. 단지 케이트를 핵심만 말했을 뿐이고 올리비아는 보다 자세하게 말해주고 있다는 것뿐이었다.

얘기를 모두 들은 창준은 고개를 주억였다.

"케이트에게 들은 얘기와 같네요. 그래서 케이트에게 얻어간 몽타주로 어떤 사람인지 찾아보셨나요?"

"신원 파악은 어렵지 않았어요. 리얼 I.R.A에서 활동을 했었던 앤드류 터너라고 하더군요. 확인 결과 이미 리얼 I.R.A에서는 탈퇴하고 사라진 것으로 알려져 있었고요."

"그러면 그 리얼 I.R.A인가 하는 곳에서 벌인 공작은 아니라는 말이겠군요. 여기까지는 알겠어요. 그러면 이제 MI5의 공식 입장은 어떻게 되는 건가요? 아직도 저를 암살범으로 놓고 잡으려고 하고 있나요?"

"…얘기는 했지만… 확실한 증거가 없는 이상 창준의 혐의를 벗길 수 없는 입장이에요."

어느 정도 예상을 했던 일이다. 자신이 암살범 용의자에서 빠졌다면 케이트에게 올리비아가 얘기를 했었을 테니까.

"특히 창준을 용의자로 특정 지을 수밖에 없는 너무나 확고한 증거가 나와서……."

"확고한 증거요? 그게 뭔데요?"

"현장 기억 복원 마법이요. 거기에 창준이 필리다를 암…
살하는 장면이 너무나 선명하게 나타나더군요. 이 증거를 반
박하는 게 불가능하니……."

"불가능? 그게 무슨 소리예요?"

"…네?"

창준의 말에 올리비아가 눈을 커다랗게 떴다.

현장 기억 복원 마법은 당연히 창준도 알고 있는 마법이다.
하지만 창준이 알기로 그 마법으로 기억을 조작하는 게 불가
능한 건 아니다. 단지 기억을 조작하기 위해서는 6서클 이상
의 고위 마법사가 필요할 뿐이다. 그게 아니라면…….

'흑마법사가 가능하지.'

아스란의 세계에서도 현장 기억 복원 마법을 조작하는 방
식으로 흑마법사들이 사람들을 모함해 죽이는 일이 비일비재
했었다. 그래서 오히려 그 세계에서는 현장 기억 복원 마법을
절반도 신용하지 않았다. 조작을 원래대로 돌리는 마법이 나
오기 전까지는 말이다.

아무래도 지금 창준이 살고 있는 현재는 현장 기억 복원 마
법을 조작하거나 조작된 기억을 다시 원래대로 수정하는 방
법이 없는 것 같았다.

"그러면 조작될 수 있다는 말이에요?"

"당연하죠. 지금이라도 제가 조작한 기억을 보여줄 수 있는데요. 아니면 조작된 기억이 저장된 수정구를 가져와요. 바로 풀어서 원래대로 보여주도록 하지요."

올리비아는 창준의 말에 아랫입술을 살짝 깨물었다.

어차피 리처드는 수정구를 가져가도록 허락하지 않을 것이다. 그렇지만 수정구를 몰래 가져오는 건 불가능하지 않다. 대신 그런 일을 벌이게 된다면 과연 수습이 가능할지는 그녀도 알 수 없었다.

'만약… 창준이 진짜 필리다를 암살한 거라면?'

상상도 하고 싶지 않고 그럴 리가 없다고 생각하지만 정말 만약에 그렇다면 수정구를 창준에게 건네줌으로써 스스로 증거를 없애는 결과가 될 수 있다.

현장 기억 복원 마법은 일정 시간이 지나면 기억을 추출할 수 없고 이제는 더 이상 기억 추출이 불가능한 시간이었다.

창준이 범인이 아니라는 걸 확신하려면 한 가지 방법밖에 없었다.

"창준… 미리 죄송하다고 말을 할게요."

"뭘요?"

"필리다는 암살을 당하기 전 특수한 마법을 사용했어요. 포레스트 존 브레이크가 만든 마법체계가 아니라 그가 나타나기 전부터 전해지던 마법이었죠."

창준은 고개를 끄덕였다. 필리다의 말에 따르면 지금 사용하는 마법은 신마법, 이전의 마법은 구마법이라 불렀다. 물론 창준은 이 두 가지 어디에도 들어가지 않았다.

"그녀가 사용한 마법은 아주 간단한 것이에요. 마법이 적용된 상대에게 특수한 마킹을 하는 마법이에요. 만약 당신이 진짜 범인이 아니라면… 이 마법을 사용해도 되겠죠?"

올리비아는 말을 하면서도 얼굴이 좋지 않았다. 방금 전까지 창준을 믿는다고 해놓고 그에 대한 증명을 다시 하려고 하는 것 아닌가. 자신의 말을 스스로 반박한 것 같은 이상한 느낌마저 들었다.

그런데 얘기를 들은 창준의 반응은 올리비아의 생각과는 너무 달랐다.

"그런 좋은 방법이 있었어요? 그러면 지금까지 뭐 하고 있었던 거예요? 저에 대한 의혹을 완벽하게 풀 수 있는 기회잖아요. 어서 확인해요."

"화나지는 않아요?"

"뭐가요?"

"방금 전까지 당신을 믿는다고 해놓고 다시 증명을 하겠다고 말하는 게……."

"별 쓸데없는 걱정을 다 하고 있네요. 전혀 상관없으니 걱정 말고 확인이나 해봐요."

말로만 이러는 게 아니었다.

올리비아를 꽤나 믿고 있는 건 맞다. 하지만 말 그대로 꽤나 믿는다는 거지 케이트 수준으로 믿는다는 말은 아니다. 애초에 기대하지 않았는데 그녀가 이 정도로 자신을 믿어주는 게 오히려 신기할 따름이다.

이렇게 생각하고 있었으니 그녀가 마법을 확인해 보겠다는 말에 기분 나쁠 것도 없었다. 차라리 확실히 증명되는 게 속 편한 일이다. 그러면 다른 사람은 몰라도 올리비아는 자신을 완전히 믿을 테니까.

"그럼 확인을 해볼게요."

마음이 풀렸는지 훨씬 편해진 얼굴로 말한 올리비아는 눈을 지그시 감고 조용히 중얼거리기 시작했다. 마법을 사용할 때 읊는 룬어와는 확연히 달랐다.

몇 초 정도 준비한 올리비아가 주머니에서 조그만 약병을 꺼내 뚜껑을 열고 테이블 위에 올렸다. 그러자 병에 있던 분홍색 가루가 저 혼자 움직이기 시작하더니 입구로 흘러나와 창준의 얼굴로 다가왔다.그러곤 그의 얼굴을 스치듯이 훑고는 스르륵 사라졌다.

눈을 뜬 올리비아는 창준의 얼굴을 확인하고 눈에 띄게 밝아졌다. 역시나 아무런 반응이 나타나지 않은 모양이었다.

"끝인가요?"

"네, 끝이에요."

"결과는요?"

"창준은 암살범이 아니에요. 하아… 정말 다행이에요."

정말 다행이라는 듯이 올리비아가 한숨을 길게 내쉬었다. 아무리 믿고 있었다고 하더라도 이렇게 증거가 확실히 나오니 안도감이 드는 모양이었다.

"그럼 이제 어떻게 되는 건가요?"

창준의 물음에 올리비아가 잠시 고민에 빠졌다.

마법을 사용해서 창준이 범인이 아니란 걸 알아내기는 했으나 과연 리처드가 그걸 받아들일지는 의문이었다. 애초에 리처드가 구마법을 신뢰하지 않는 게 가장 컸다.

만약 창준을 만나 지금 같은 방법을 사용해 그가 암살범이 아님을 밝혔다고 말했을 때, 구마법을 신뢰할 수 없다고 하며 용의자와 보고도 없이 만난 것을 가지고 문제를 삼는다면…….

체포되지는 않는다고 하더라도 최소한 이번 작전에서 완전히 열외가 될 수 있다.

수정구를 가져와 조작되어 있는 걸 다시 원래대로 복원하고 그걸 가지고 설득에 들어가는 게 가장 문제가 적을 것 같았다.

생각을 정리한 올리비아가 말을 하기 위해서 고개를 들었다. 그런데 그녀의 감각에 누군가 자신을 주시하는 느낌이 들었다.

시선을 돌려보니 창준의 등 뒤, 약 30미터 정도 떨어진 곳에서 이곳을 향해 걸어오는 사람이 보였다. 건장한 몸에 스킨헤드를 하고 있는 사내였다.

그 사람 혼자만이 아니었다. 감각을 잔뜩 끌어올려 주변을 둘러보니 스킨헤드 사내 옆으로 몇 미터 떨어진 곳에서 목에 거미 문신이 있는 사내가 다가오고 있었고, 그녀의 뒤에서도 그들을 주시하며 점점 다가오는 기척이 있었다.

뭔가 이상했다. 확실한 건 그들이 MI5나 MI6에 소속된 요원은 분명 아니라는 것이다.

올리비아는 조심스럽게 그들을 살핀 것이 아니었다.

그래서일까?

거미 문신의 사내와 눈이 마주치자 그의 손이 품으로 들어가는 게 보였다.

"위험해요!"

올리비아가 소리치며 창준의 손을 잡아끌고 몸을 숙였다. 그러자 품에서 기관단총인 HK MP7A1을 꺼낸 사내가 총을 발사하는 소리가 들렸다.

타타탕!

다행히 미리 피했기 때문에 기관단총에서 발사된 총알은 그들을 맞히지 못했다. 하지만 그들이 피한 총알은 두 사람이 있던 테이블과 의자에 박혔고, 그들의 뒤에 있던 다른 사람이 총알을 맞고 비명도 제대로 지르지 못하며 쓰러졌다.

"꺄아아악!"

"초… 총이다!"

"아악!"

갑작스럽게 일어난 총소리에 사람들이 패닉에 빠져 이리저리 도망치기 시작했다.

사람들이 이렇게 소란스럽게 변하자 스킨헤드 사내와 뒤에서 다가오던 사내들도 기관단총을 뽑아 테이블 밑으로 기듯이 이동하는 올리비아와 창준을 향해 미친 듯이 난사했다.

타타타타탕!

총알이 카페 이곳저곳에 박히기도 하고 도망가는 사람들을 맞히기도 하며 아비규환의 현장으로 바뀌어 버렸다.

올리비아는 서둘러 테이블을 눕히고 그 뒤로 창준과 함께 몸을 숨겼다. 테이블에 총알이 박히는 진동과 소리가 살벌하게 들렸다.

"괜찮아요? 어디 다친 곳은 없어요?"

올리비아가 창준을 보며 물었다. 그런데 창준은 총알이 날아다니는 상황인데도 전혀 당황한 얼굴이 아니었다. 그저 잔뜩 인상을 쓰고 자신이 맞았어야 할 총알을 맞고 쓰러진 사람을 바라볼 뿐이었다.

"그럴 필요는 없었는데……."

"뭐라고요?"

"…괜찮아요."

창준은 짧게 대답했다.

현재 창준은 위급 상황에 알아서 마법이 발동되도록 마법 아이템 몇 개를 준비한 상황이었다. 그러니 아마도 직접적으로 총알을 맞았더라도 마법이 발동되어 모두 튕겨 나갔을 것이다.

자신의 잘못은 아니지만 자신 때문에 누군가가 다치거나 죽는다는 건 대단히 기분이 더러워지는 일이었다.

표정이 굳은 창준은 올리비아에게 물었다.

"아는 사람인가요?"

"전혀요! 미리 말하지만 제가 데리고 온 사람은 아니에요."

"그렇겠죠. MI5나 MI6가 사람들이 바글거리는 이런 곳에서 저렇게 총질을 할 리는 없으니까요."

"당연하죠. 사람들이 이렇게 많은 곳에서 자신의 얼굴도 가리지 않고 막무가내로 총을 쏘다니……. 다들 미친 건가?"

막무가내로 은행이나 현금수송차를 터는 것도 아니고 이렇게 대놓고 총을 쏘며 나타난 사람들은 정말 처음이었다. 영화에서만 봤었던 일이 실제로 일어날 줄도 몰랐고 말이다.

'대체 누구지? 왜 우리를⋯⋯.'

올리비아의 얼굴이 살짝 굳었다.

자신이 MI5에 요직을 맡고 있기는 하지만 이렇게 대놓고 살인을 하려는 일이 벌이질 정도로 중요도가 높은 사람은 아니다.

그녀의 아버지가 MI5의 국장이기는 하나 그녀를 살리기 위해서 국가에 해가 되는 일을 할 사람도 아니니 인질로 써먹기도 힘들다.

결론은 하나다.

'창준을 노리고 있어!'

창준을 노린다면 아마도 이번 일을 벌인 자이거나 같은 조직에 있는 사람일 수 있다고 생각했다. 그저 두고 보려고 했는데 그녀가 창준과 만나는 걸 보고 상황이 이상하게 돌아간다 생각하여 무모한 작전을 벌이는 걸 수도 있다.

머릿속이 복잡했다. 하지만 지금 이런 걸 생각할 때가 아니었다.

서둘러 핸드백에서 휴대폰을 꺼낸 올리비아가 전화를 걸었다.

"올리비아 브리스톨입니다! 지금 워털루 스테이션에 HK MP7A1으로 무장한 세 남자가 총을 난사하고 있습니다! 빨리

지원을 해주세요!'

창준은 올리비아가 전화를 하는 걸 지켜보다가 그녀가 전화를 끊자 물었다.

"MI5에 요청한 건가요?"

"지금 상황에서 어쩔 수 있나요? MI5에 요청했으니 그쪽에서 직접 나오던지 아니면 경찰이나 대테러부대를 보내겠죠."

선택의 여지가 없다는 걸 창준도 알고 있으니 고개를 끄덕였다.

핸드백에서 권총을 꺼낸 올리비아는 탁자 너머를 슬쩍 확인한 이후 권총을 테이블에 살짝 걸치고 연속해서 몇 번 발포했다.

탕탕탕탕!

창준은 올리비아가 권총을 쏘는 걸 보고 말했다.

"그렇게 쏘면 하나도 안 맞아요. 최소한 상대를 겨누고 쏴야죠."

창준의 말이 맞았다. 올리비아가 겨눈 권총의 총구는 대각선 하늘을 향하고 있어서 모두 천장에 맞거나 하늘 어디론가 날아가 버렸으니까.

권총을 사용해 본 적은 없지만 군대에서 소총을 다뤄봤다. 군대에서는 분명히 가늠자로 상대를 겨누고 발사를 하라고 한다.

올리비아는 창준의 말에도 여전히 하늘을 향해 발포하며 소리쳤다.

"저도 알아요! 하지만 지금 시민들이 있어서 함부로 총을 쏠 수 없다고요!"

올리비아의 말에 창준이 슬쩍 테이블 옆을 확인해 보니 그녀의 말처럼 총알을 피해 엎드려 있는 사람부터 이제야 눈치를 보며 일어나 슬금슬금 움직이는 사람들까지 있었다.

권총은 소총과 달랐다. 영화에서야 아무렇게 쏘는 것 같아도 악당들이 모두 맞았으나 실제는 그렇지 않았다. 일반적으로 권총의 명중률은 소총에 비하면 상당히 떨어진다는 게 정론이었다.

물론 올리비아는 권총을 주로 사용했고 명중률도 높기는 하나, 행여나 잘못 날아간 총알이 시민에게 맞을 수 있는 가능성을 배제할 수 없었다.

그럼에도 그녀가 이렇게 총을 쏘는 건 다가오는 사내들의 태도에서 나타났다. 대응 사격이 일어나자 서둘러 은폐를 하기 시작했던 것이다.

"그러네요."

그걸 확인한 창준은 순순히 올리비아의 말을 인정했다. 아무리 그가 6서클 마법사였고 인간의 수준을 벗어난 신체능력을 가지고 있다고 해도 올리비아의 경험을 따라갈 수 없는 건 당연했다.

이렇다고 하더라도 상황이 달라진 건 없었다.

창준이 올리비아에게 물었다.

"마법으로 공격할까요? 빨리 정리할 수 있을 것 같은데."

"안 돼요! 저번 호텔 사건은 그나마 목격한 사람이 적어서 수습할 수 있었지만, 이렇게 많은 사람들까지 통제할 수는 없어요! 잘못하면 우리의 존재가 드러날 수 있다고요!"

답답한 상황이었다. 그렇다고 이렇게 숨어만 있을 수 없었다.

저들은 기관단총을 들고 있었고 그녀에게는 오로지 권총 하나뿐이다. 이렇게 가만히 대응사격만 하다가는 총알이 먼저 떨어지든지 아니면 저들이 사용하는 기관단총 앞에서 최악의 결정을 해야 할지도 몰랐다.

'마법을 사용하면 안 되는데…….'

자신은 몰라도 창준은 위험한 상황이 닥치면 서슴지 않고 마법을 사용할 것 같았다.

그녀가 이렇게 고민하는 사이 기관단총으로 무장한 사내들은 어느새 카페 근방까지 다가와 곧 안으로 들어올 것처럼 보였다.

창준은 그걸 보고 슬쩍 손을 테이블 밖으로 내밀었다.

"차, 창준! 마법을 사용하면…….”

"파이어."

화아아악!

1서클 파이어 마법을 사용하자 그의 손이 마치 화염방사기가 된 것처럼 엄청난 불기둥이 뿜어져 나왔다.

"우왁!"

"피해!"

사내들은 깜짝 놀라 서둘러 카페 밖으로 물러섰다. 한 사내가 조금 더 안쪽에 있어서 몸에 불이 붙었지만 겨우 1서클 마법이었기에 불길을 잡는 건 어렵지 않았다.

원래 1서클 마법인 파이어가 이렇게 엄청난 위용을 자랑하지는 않는다. 창준이 파이어 마법에 5서클 마법에 사용되는 마나를 쏟아부었기에 이런 광경이 만들어진 것이다.

"이 정도면 아마 가스라도 누출됐나 생각하겠죠. 그렇게 생각하지 않으면 MI5에서 그렇게 생각하도록 만들어요. 그 정도는 쉽잖아요. 그나저나 방금 한 놈은 잡을 수 있었을 것 같았는데, 저놈들 꽤나 잽싸네요."

"아… 아…….."

당황한 올리비아가 뭐라고 말도 하지 못하고 신음 소리만 내고 있을 때, 창준은 사내들이 물러난 사이 카페 안쪽 벽을 만지며 말했다.

"여기를 뚫으면 밖으로 연결되겠죠?"

"자, 잠깐만요!"

올리비아가 서둘러 말렸으나 창준은 못 들은 척 벽을 향해 주먹을 날렸다.

쾅!

사람이 주먹을 날렸을 뿐인데 마치 수류탄이라도 터진 것처럼 거의 사람만 한 구멍이 생겨 버렸다. 신체가 강화된 창준이었기에 가능한 일이었다.

마법도 아니고 주먹질로 단단한 벽을 뚫어버린 창준의 모습을 올리비아가 멍하니 바라봤다. 그런 그녀를 향해 창준이 손을 내밀며 말했다.

"갑시다."

"아, 네……."

CHAPTER
04

전투 마법사

ALCHEMIST

뚫린 구멍을 통해 밖으로 뛰쳐나오자 사람들이 이리저리 도망가는 모습이 보였다. 그런데 꽤 많은 수의 사람들이 휴대 폰이나 카메라를 들고 패닉에 빠진 사람들의 모습을 찍기도 했고 배짱 좋게도 워털루 스테이션 내부를 촬영하기도 했다.

그걸 본 올리비아가 어처구니가 없는 표정을 하며 뭐라고 소리치려고 할 때, 창준의 목소리가 들려왔다.

"사람들이 참 배짱이 좋네요."

"지금 그러고 있을 때예요? 모두 물러서요! 빨리 도망가라 고요!"

올리비아가 사람들을 향해 소리치자 촬영을 하던 사람들은 전혀 도망치지 않고 오히려 소리치는 올리비아를 촬영하기 시작했다.

자신의 안전에 실질적인 위험이 닥치기 전에는 그걸 인지하지 못하는 전형적인 모습이었다.

다시 한 번 소리치려는 올리비아의 뒤에서 구멍을 통해 총알들이 튀어나왔다.

올리비아는 더 이상 소리치지 못하고 창준과 함께 근처에 세워진 차량 뒤로 몸을 숨겼다. 잠시 후 세 사내가 기관단총을 앞세우고 달려 나와 올리비아와 창준이 몸을 숨기고 있는 차량을 향해 총을 난사했다.

타타타타탕!

총알에 맞은 차가 콩 볶는 소리를 요란하게 울렸다. 그제야 촬영하던 사람들이 비명을 지르며 사방으로 도망쳤다. 물론 아직도 몇몇 사람은 총알이 날아오지 않는 곳에 숨어서 촬영을 하고 있기는 했다.

상황이 이러니 올리비아와 창준은 여전히 마법을 사용하지 못하고 권총 한 자루로 산발적인 위협사격밖에 하지 못했다.

탄창에 있는 총알을 모두 소진한 올리비아가 탄창을 교체하며 입술을 깨물었다.

"마지막 탄창이에요."

"그럼 그거 다 사용하면 어떻게 할 겁니까?"

창준의 물음에도 올리비아는 대답하지 못했다. 창준은 그런 올리비아를 보며 평이한 어조로 말했다.

"미리 얘기를 할게요. 저는 위험한 순간이 오면 마법을 사용할 겁니다. 설마 이대로 그냥 죽으라고 강요하지는 않을 거라고 생각할게요."

"…그런 무리한 요구까지는 하지 않아요."

초조함에 입술을 잘근거린 올리비아는 짜증스러운 눈으로 주변을 둘러봤다.

전쟁터로 변한 이곳에 남아 있는 사람이라고는 기관단총을 난사하는 사내 세 명과 몰래 숨어서 사진을 찍은 간이 부은 두 사람, 그리고 자신들뿐이었다. 혹시 몰랐다. 어딘가 멀리서 그들을 촬영하고 있는 사람이 있을지도…….

'왜 아직도 안 오는 거야? 하다못해 경찰이라도 보내야 될 것 아냐!'

그녀가 이런 생각을 하고 있을 때, 멀리서 마침 사이렌 소리가 들려왔다. 긴급 출동한 경찰들이 이제야 근방에 도착한 모양이었다.

안도의 한숨을 내쉰 올리비아는 세 사내를 향해 나머지 총알들을 퍼부었다.

사내들도 이번에는 위협사격이 아니란 걸 알았는지 위협사격을 할 때보다 더욱 몸을 사리는 게 보였다.

　그런데 창준은 슬쩍슬쩍 세 사내들을 보며 뭔가 좀 이상한 게 느껴졌다.

　'저놈들 뭘 믿고 저러는 거지?

　분명 경찰들이 몰려오면 상황이 악화될 건 불 보듯 뻔했다. 아무리 기관단총을 들고 있다지만 그것도 스와트 팀이나 대테러부대가 오면 상대도 되지 않을 게 분명했다.

　그것만이 아니었다. 저들의 얼굴에서는 전혀 다급함도 보이지 않았고 오히려 희미하게 웃고 있었다. 마치 경찰들이 몰려와도 상관이 없다는 얼굴로.

　드디어 멀리서 경찰차가 다가오는 게 보였다. 그걸 본 올리비아가 환해진 얼굴로 말했다.

　"경찰이 오고 있어요!"

　그런데 창준은 그녀의 말에 대답을 하지 않고 주위를 둘러보고 있었다.

　"왜 그래요?"

　"저놈들이 너무 태연하게 있는 게 걸려요. 혹시 주위에 도와주는 사람이 있는지 찾는 중인데… 저거, 제가 생각하는 그게 맞나요?"

　"뭐가요?"

창준이 손가락으로 가리키는 건물은 쉘 센터(Shell Centre) 라는 수십 층에 달하는 고층 빌딩이었다. 특히 그의 손가락 끝은 빌딩 중간쯤에 있는 창문을 향하고 있었는데, 사람 하나 가 창문으로 커다랗고 길쭉한 것을 어깨에 메고 다가오는 경 찰차를 겨누고 있었다.

"RPG!"

사내가 들고 있는 것은 정확히 말하면 RPG—7이었다. 소 련이 1961년에 개발한 대전차 로켓 발사기로 현재까지 정규 군은 물론이고 비정규군이나 테러리스트에게까지 널리 사용 되는 무기였다.

올리비아가 소리쳤을 때는 이미 사거리인 500미터 안으로 들어온 상태였었고, 방아쇠를 당기는 중이었다.

푸슈욱!

RPG—7 특유의 발사음과 함께 발사기에서 뛰쳐나간 탄두 가 가장 앞에 오는 경찰차를 덮쳤다.

콰아앙!

귀를 울리는 굉음과 함께 경찰차가 시뻘건 불덩이에 휩싸 여 하늘로 무려 10미터 정도 치솟았다 떨어졌다. 완전히 박살 나서 불덩이에 휩싸인 경찰차에는 생존자가 있을 것 같지 않 았다.

그것만이 아니었다.

워털루 스테이션 지붕에 잠복해 있었던 사람이 가장 뒤에 있는 경찰차를 향해 RPG-7을 발사해 방금 폭파한 선두의 경찰차와 같이 박살을 내버렸다.

가운데 있는 경찰차들은 폭파된 차량을 피해 어떻게든 빠져나가려고 했지만 RPG-7을 내려놓고 소총을 든 사내들이 운전석을 향해 집중적인 총알 세례를 뿜어냈다.

"마, 맙소사……."

일방적인 학살이었다.

지금 습격을 하는 사람들인 누군지 모르지만 흔해 빠진 범죄자 수준이 아니라 최소한 특수부대 병사 수준 이상으로 훈련을 받은 게 분명했다.

서둘러 경찰차에서 내린 경찰들이 차를 방패 삼아 숨으며 대응 사격을 했으나 위치가 너무나 좋지 않았다. 특히 소총으로 사격하는 사내들을 권총으로 맞히기에는 거리가 부담되게 멀었다.

"이대로 가만히 있으면 저 경찰들 다 죽습니다!"

"알고 있어요!"

창준의 말에 올리비아가 예민하게 소리쳤다. 지금까지 보지 못했던 올리비아의 모습이었다.

올리비아의 머릿속은 지금 완전히 난장판이었다.

'어떻게 하지? 마법으로 지원해? 하지만 그러다가 촬영이

라도 되는 날에는…….'

경찰들이 학살당하는 걸 막느냐 고민하던 올리비아를 보고 창준은 혀를 찼다.

경찰들이 죽든지 말든지 창준에게는 상관도 없다. 마법을 익히고 높은 경지로 나아갈수록 정신력 역시 강해져 사람들이 눈앞에서 죽어나가도 딱히 정신적인 문제가 생길 것도 없다.

하지만 그렇다고 인간이 가진 기본적인 감정이 사라지는 건 아니었다. 저렇게 눈앞에서 죽어나가는 사람들을 그냥 지켜보고 있으니 마음이 안타까워진 것이다.

혀를 찬 창준은 먼저 쉘 센터에서 소총을 쏘는 사람을 향해 손을 내밀고 나지막하게 말했다.

"바인드(Bind)."

그러자 소총을 쏘던 사람이 무언가에 묶인 것처럼 발버둥을 치며 소총을 떨어뜨렸다.

"창준!"

"그렇다고 그냥 죽으라고 할 수 없잖아요. 그리고 눈에 보이지 않는 마법이니까 어떻게 얼버무릴 수 있지 않겠어요?"

"그… 그렇지만……."

쉽게 대답하지 못하는 올리비아를 무시하고 창준은 다시 옥상에 있는 사내를 향해 마법을 사용해 묶어버렸다.

적극적으로 마법을 사용할 수 없기는 하나 이런 식이라면 금방 이곳을 정리할 수 있을 것 같았다. 특히 창준은 MI5로 끌려갈 생각이 아니라면 경찰이 도착하기 전에 도망가는 게 가장 좋기도 했다.

예상치 못한 상황이 발생한 건 창준이 기관단총을 난사하고 있는 세 사내를 향해 마법을 사용하려고 했을 때였다.

마법을 사용하려던 창준의 얼굴이 와락 일그러지더니 쉘 센터를 바라봤다. 그곳에서는 바인드 마법을 당했던 사내가 멀쩡히 움직이며 입가에 비웃음을 띠고 창준을 바라보고 있었다.

얼른 고개를 돌려 워털루 스테이션 지붕을 바라보자 그곳에 있던 사내도 바인드 마법을 모두 풀어내고 떨어졌던 소총을 다시 집어 드는 모습이 보였다.

"마… 법사?"

믿을 수 없다는 듯이 중얼거리는 올리비아를 보고 창준이 정정해 줬다.

"그냥 마법사가 아닙니다. 흑마법사죠."

마법이 흩어지는 과정에서 사내들이 미약하게 마기를 흘리는 걸 정확히 파악한 창준은 눈에서 불똥이 튈 것처럼 강렬하게 변했다.

이 모든 일에 흑마법사가 배후에 있는 것은 아닌가 생각을 해보기는 했었다. 그들을 제외하고 자신을 이렇게 적대하는 곳은 없었으니까. 그래서 당황하지는 않았다. 그저 역시 너희들이구나, 라는 생각만 할 뿐이었다.

아마도 저 두 명만 흑마법사일 리는 없을 것 같았다. 기관단총을 쏘고 있는 세 사람 역시 흑마법사라 생각하는 게 맞았다.

올리비아 역시 흑마법사가 어떤 존재인지 알고 있었다. 직접 경험하지는 못했으나 필리다에게 설명을 들었었다.

그때, 경찰들이 있는 방향에서 허머(Hummer)를 개조해서 만든 스와트 팀 장갑차 세 대가 달려왔다. 쉘 센터와 워털루 스테이션 지붕의 사내들이 소총을 쐈지만 두꺼운 장갑차를 뚫을 수 없었다.

올리비아와 세 사내가 교전하는 현장 가까이 다가온 장갑차의 뒤가 열리더니 방탄조끼와 소총으로 무장한 스와트 팀이 신속하게 내려 세 사내를 향해 총을 겨냥했다. 일부는 쉘 센터와 워털루 스테이션 지붕에 있는 사내들을 겨눴다. 그래서인지 두 사내는 경찰을 향해 총을 쏘던 걸 멈췄다.

세 사내는 당장 총을 쏘지는 않았으나 자신들을 향한 이십여 개의 총구를 보면서도 피식 웃고 있을 뿐이었다.

"총을 버리고 머리 위로 손을 올려라!"

스와트 팀에서 지휘하는 사람이 크게 외쳤다. 아마도 불응

하면 굳이 발포 명령이 떨어지지 않아도 이십여 개의 총구가 불을 뿜을 건 확실했다.

세 사내는 서로 눈을 마주치더니 천천히 서로 뭉쳤다. 아직 총을 버리지 않은 상태로 움직이는 거였으나 딱히 위협으로 보이지 않았기에 스와트 팀도 그대로 지켜보고 있었다.

세 사람이 한곳으로 모였을 때, 스킨헤드 사내가 입을 열었다.

"블러드 실드."

세 사람을 막는 붉은 유리처럼 생긴 벽이 생겨났다. 그걸 본 스와트 팀은 위협이라 생각했는지 지체하지 않고 모두 동시에 총을 쐈다.

투타타타타타탕!

이십여 명의 소총에서 나는 소리는 마치 천둥처럼 요란했다. 그리고 그들의 소총에서 풍기는 화약 냄새가 사방으로 뻗어나갔다.

하지만 결과는 그들의 예상과 너무나 달랐다. 소총에서 발포된 총알이 스킨헤드 사내가 만든 실드에 모두 튕겨나간 것이다. 두께가 얇아 보이지만 소총으로는 흑마법사의 보호막을 부술 수 없었다.

스와트 팀은 믿을 수 없는 현실에 당황했다. 하지만 탄창이 비워지자 본능적으로 탄창을 다시 장전하는 사이 실드 뒤에 있던 사내 둘이 비열한 웃음을 지으며 방아쇠를 당겼다.

가까이 있던 스와트 팀부터 쓰러져 나갔다. 쓰러지지 않은 스와트 팀이 총알을 피해 장갑차 뒤로 피하는 것을 본 거미 문신이 있는 사내가 손을 내밀며 말했다.

"다크 밤(Dark Bomb)!"

콰아앙!

스와트 팀이 숨어 있는 장갑차를 향해 검은 마기가 뭉쳐지더니 강렬한 폭음을 내며 폭발했다.

폭발이 일어난 장갑차 한쪽이 형편없이 박살 났으나 터지지는 않았다. 그러나 장갑차가 폭발 때문에 밀려나며 뒤에 숨어 있던 스와트 팀을 그대로 덮쳐 버렸다.

"아악!"

"다… 다리가 깔렸어!"

"도와줘!"

부상을 입은 스와트 팀이 도움을 요청하며 소리를 질렀다. 하지만 다른 스와트 팀도 그들을 도울 입장이 아니었다. 연이어 다크 밤이 터져 나가고 다른 사내 하나는 기관단총을 난사하고 있다.

아비규환이 따로 없었다. 쉘 센터나 워털루 스테이션 지붕에 있는 두 사내는 가세하지도 않았는데도 말이다.

거미 문신의 사내는 몸에서 마기를 흘리면서 싸늘하게 웃더니 쓰러져 있는 스와트 팀을 향해 손을 펼쳤다. 지금까지처럼 다크 밤을 사용할 것 같았다.

스와트 팀은 평범한 인간들이다. 일반인보다 조금 더 뛰어난 체력과 기술을 가졌을 뿐, 그들의 본질이 바뀔 리는 없다. 그러니 다크 밤을 맞으면 그대로 박살이 나버릴 게 분명했다.

'오케이. 여기까지.'

될 수 있으면 상관하지 않으려고 했다. 그렇지만 이대로 가만히 있을 수 없었다.

돌아가는 상황만 보더라도 스와트 팀이나 경찰이 흑마법을 쓰는 저들에게 일방적으로 당할 것 같았다.

아무리 자신과 상관도 없는 사람들이라고 하지만 눈앞에서 죽어나가는 걸 보고 있을 수 없었다. 특히 흑마법을 쓰고 있는 저놈들이 자신을 죽이려고 나타난 놈들이 아닌가.

개입하기로 한 창준이 자리에서 일어서려고 하는 그때, 그의 귀에 올리비아가 중얼거리는 소리가 들렸다.

'캐스팅?'

마법을 캐스팅한 올리비아가 벌떡 일어나더니 세 사람을 보호하고 있는 블러드 실드를 향해 마법을 발현했다.

"파이어 볼!"

올리비아의 작은 손에서 나왔다고 믿을 수 없는 커다란 불덩어리가 블러드 실드에 직격했다.

쾅!

올리비아가 발현한 마법이 블러드 실드와 충돌하며 폭발했고 파이어 볼이 폭발하며 튀어나간 조그만 불덩어리가 사방으로 비산했다.

흑마법을 사용하는 세 사내 때문에 정신없이 피하던 스와트 팀은 올리비아가 마법을 사용한 걸 보고 놀라며 그녀를 주시했다.

방금 전까지는 알 수 없는 힘을 가진 테러리스트가 나타나 자신들을 공격했다고 느꼈다면, 올리비아가 등장함으로써 대립 구조가 바뀌게 되었다.

'저걸로는 실드를 부술 수 없을 텐데……'

창준은 이미 흑마법사, 호문클루스와 싸우면서 저들이 사용하는 블러드 실드가 얼마나 탄탄한지 경험을 해봤었다. 그의 경험은 블러드 실드를 부수지 못했을 거라고 말하고 있었다.

그리고 창준의 생각이 맞았다.

파이어 볼이 터지면서 만들어진 연기가 사라지고 붉은 벽을 만들고 있는 블러드 실드와 그 뒤에 멀쩡하게 서 있는 세 남자가 보였다.

올리비아는 자신의 마법에도 아무렇지 않게 서 있는 세 사내를 보고 눈을 살짝 찌푸렸다. 설마 아무렇지도 않을 거라 생각하지는 못했던 것 같았다.

그런데 창준은 올리비아가 보는 것과 다른 것을 보고 있었다.

'쟤네들… 전혀 놀라지 않네.'

올리비아가 갑자기 나타나 그들에게 마법을 사용했던 상황이다. 그런데도 전혀 놀라지 않았다는 건 하나의 사실을 알려주고 있었다.

이미 올리비아가 마법사라는 걸 알고 있었다.

올리비아가 마법사라는 건 영국에서 꽤 극비에 속한다고 알고 있었다. MI5나 MI6에서도 어지간한 위치가 아니면 마법사라는 존재에 대해서 모른다는 말과 같았다.

'설마 내부에 배신자가 있다는 말인가?'

가능성은 높았다.

아무튼 이런 생각을 하고 있는 사이 거미 문신 사내가 비릿한 미소를 지으며 올리비아를 향해 손을 내밀고 나지막이 말했다.

"다크 밤."

검은 마기가 몰려드는 걸 본 올리비아가 서둘러 실드를 사용했다. 4서클 그레이트 실드를 쓰는 게 더 안전하지만 창준과 같이 용언 마법이 아니니 순간적인 캐스팅을 할 수 없었다.

콰쾅!

"꺄악!"

올리비아가 만든 실드는 유리처럼 산산조각으로 부서져 버렸다. 뿐만 아니라 다크 밤의 위력을 충분히 상쇄하지 못했는지 폭발하던 충격에 거의 5미터에 달하는 거리를 날아갔다.

땅에 처박히듯 쓰러질 걸 대비해 눈을 질끈 감고 있던 올리비아는 무언가 푹신한 것이 자신을 감싸는 걸 느끼고 살짝 눈을 떠봤다.

"괜찮아요?"

안락하고 안정감 있게 올리비아를 받은 사람은 당연하게도 창준이었다.

다른 사람이라면 조금 다치더라도 상관하지 않았겠지만, 올리비아는 다치는 걸 그저 지켜볼 정도로 창준에게 아무런 의미가 없는 사람은 아니었다.

모두가 창준을 의심할 때 끝까지 그를 믿어주는 사람이 아니던가.

창준이 올리비아를 보호해 주는 건 거미 문신 사내가 원하는 광경은 아니었다. 그가 다시 손을 뻗는 걸 본 창준은 얼른 올리비아를 안고 일어서 뛰었다.

"다크 밤. 다크 밤."

쾅! 쾅!

창준을 맞히기 위해서 연속해서 흑마법을 사용했다. 그에 따라 연이어 일어나는 폭발은 스와트 팀이나 경찰이 은폐하고 있던 곳에서 얼굴도 내밀지 못하게 만들었다. 얼굴을 내밀고 총을 쏜다고 하더라도 블러드 실드에 막혀 소용이 없는 일이기도 했다.

창준은 굳이 인간의 한계를 넘어서는 움직임을 보이지 않았으나 그의 동체시력은 인간의 수준을 넘어서고 있었기에 거미 문신 사내의 흑마법을 맞지 않았다.

"저를 내려줘요!"

올리비아가 소리치자 창준은 빠르게 움직이면서도 그녀를 물끄러미 내려다봤다. 그의 얼굴에는 티끌만큼도 당황하거나 두려운 기색이 없었다.

"감당할 수 있겠어요?"

"방금 전에는 방심하고 있어서 그랬어요. 그러니까 내려줘요."

올리비아를 내려주는 건 어려운 일이 아니었다. 단지 그녀가 감당할 수 있는지 알 수 없었을 뿐이다.

'위험하면 다시 개입하면 되겠지.'

간단하게 생각한 창준은 올리비아를 내려줬다. 그러자 올리비아는 앞으로 나서며 미리 준비하고 있던 마법을 사용했다.

"그레이트 실드."

실드 마법과 달리 그녀의 몸을 마름모꼴로 생긴 실드가 나타나 감싸 버렸다. 그러자 기다렸다는 듯이 거미 문신 사내가 펼친 다크 밤이 그녀가 펼친 그레이트 실드를 직격했다.

콰쾅!

뿌연 연기가 시야를 가렸으나 거미 문신 사내의 입가에는 진한 미소가 걸렸다. 자신의 마법이 직격했다는 걸 알아서 올리비아가 당했을 거라는 확신이 담긴 미소였다.

하지만 그건 그의 생각이었다.

연기가 사라지고 나타난 올리비아는 여전히 그레이트 실드로 몸을 보호하고 있었다. 다크 밤으로는 그레이트 실드를 부술 수 없었던 것이다.

올리비아는 차가운 미소를 지으며 마법을 캐스팅하기 시작했다. 그걸 본 창준이 놀랍다는 표정을 지었다.

'호오… 더블 캐스팅?'

마법은 지속형 마법과 발현 마법이 있는데, 지속형 마법은 마법을 발동하고도 다른 마법을 사용할 수 있지만, 발현 마법은 한 번에 하나의 마법만 사용이 가능했다.

그 법칙을 깨는 게 바로 더블 캐스팅이다. 동시에 두 가지 발현 마법을 사용할 수 있는 기술을 뜻하는 것으로 뛰어난 재능을 가진 마법사나 익힐 수 있는 기술이었다.

그 진가는 전투에서 드러나는데, 더블 캐스팅을 익힌 마법사는 아스란의 세계에서도 전투마법사로 분류되었다.

올리비아는 전투마법사였다.

"콘 오브 아이스(Corn Of Ice)!"

캐스팅이 끝나고 마법이 발현되자 원뿔형으로 생긴 직경 1미터가량의 얼음이 세 사내의 머리 위에 생성되며 가공할 속도로 떨어져 내렸다.

"블러드 실드!"

스킨헤드 사내가 정면을 막고 있던 블러드 실드를 취소하고 하늘을 향해 다시 펼쳤다. 올리비아의 마법은 블러드 실드에 막혀 사라져갔다.

올리비아는 결과를 이미 예상하고 있었던 듯, 준비하고 있던 두 번째 마법을 연이어 사용했다.

"아이스 스피어(Ice Spear)!"

이번에는 그녀의 몸 주위로 생성된 얼음으로 만들어진 창이 올리비아의 손짓에 따라 세 사람을 향해 날아갔다. 정면을 막고 있던 블러드 실드가 사라져서 고스란히 올리비아의 마법에 노출되어 있었다.

당황한 세 사내가 흩어지며 올리비아의 공세를 피하자 올리비아가 소리쳤다.

"이제 쏴요!"

그녀의 말에 스와트 팀이 세 사내를 향해 총구를 겨누며 방아쇠를 당겼다.

타타타타탕!

총알이 빗발치자 다시 모일 기회를 잡지 못한 세 사내가 각자 엄폐물을 찾아 몸을 숨겼다.

그걸 본 쉘 센터와 워털루 스테이션 지붕에 있던 두 사내는 스와트 팀과 경찰을 향해 소총을 겨누고 발포하며 스와트 팀이 세 사내에게 공격을 집중하지 못하도록 방해했다.

다시 총소리가 주변을 메우기 시작했다.

올리비아는 더 이상 스와트 팀에게 공격을 소리치지 않고 빠르게 흩어진 세 사내들 중 거미 문신을 한 사내에게 접근하며 마법을 캐스팅하기 시작했다.

엄폐하고 있던 거미 문신 사내는 이대로 올리비아가 다가오면 곤란하다는 걸 알았는지 접근하는 올리비아를 향해 마법을 사용했다.

"다크 밤!"

콰쾅!

강력한 폭발이 일어났으나 당연히 올리비아의 그레이트 실드를 뚫지는 못했다. 신속하게 연기를 뚫고 나온 올리비아가 준비한 마법을 사용했다.

"프로즌 오브(Frozen obe)!"

올리비아의 앞에 나타난 사람 머리만 한 얼음 덩어리가 거미 문신 사내를 향해 날아가며 빙글빙글 돌기 시작하더니 사방으로 얼음덩어리를 쏘아냈다.

작은 얼음덩어리 하나하나에 실린 힘이 얼마나 강한지 얼음덩어리에 맞은 자동차가 구멍이 숭숭 뚫려 버렸다.

거미 문신 사내는 도저히 피할 수 없다고 생각했는지 망연한 눈으로 자신을 향해 날아오는 얼음덩어리를 바라보고 있었다. 그때, 스킨헤드 사내가 달려와 거미 문신 사내의 앞에 블러드 실드를 펼쳐 겨우겨우 공세를 막았다.

올리비아의 눈이 살짝 가늘어지며 다음 마법을 사용하려는 그때, 남은 붉은 머리 사내가 소리치는 소리가 들렸다.

"본 스피어!"

그와 함께 사람만 한 뼈로 만든 창이 올리비아의 옆에서 날아와 부딪쳤다. 관통력이 높은 본 스피어가 올리비아의 그레이트 실드를 깨뜨리지는 못했으나 그녀가 튕겨나가도록 만들기는 했다.

본 스피어가 준 충격에 거의 5미터는 죽 밀려난 올리비아가 잔뜩 화난 얼굴로 붉은 머리 사내를 노려봤다.그러곤 거침없이 준비한 마법을 사용했다.

"아이스 티스(Ice Teeth)!"

마법의 발현과 함께 붉은 머리 사내가 딛고 있는 땅바닥에서 얼음들이 마치 송곳처럼 삐죽삐죽 튀어나왔다. 붉은 머리 사내가 화들짝 놀라 차량 위로 뛰어올랐을 때, 올리비아가 그를 향해 달려가며 마법을 사용했다.

"아이스 블레이드(Ice Blade)!"

올리비아의 손에서 나타난 얼음으로 만들어진 칼날이 무섭게 회전하며 붉은 머리 사내를 향해 날아갔다.

세 명의 사내와 싸우는 올리비아는 오히려 그들을 압박하고 있었다. 이대로 놔둬도 그녀가 이길 것 같았다.

창준은 올리비아가 싸우는 모습을 보며 감탄했다.

'역시 전투 마법사구나. 빙계 마법을 주로 익힌 것 같네.'

전투 마법사는 아스란의 세계에서도 전세를 바꿀 정도로 대단한 위용을 자랑하는 존재였다. 심지어 오라를 사용하는 기사와 근접전까지 펼칠 수 있을 정도라고 할 수 있다.

올리비아가 보여주는 모습은 그런 평가에 대해 충분히 긍정할 수 있을 정도였다.

다양한 빙계 마법을 자유자재로 사용하며 공세에 열을 올리는 올리비아의 마법 운용 능력은 창준과 비교해도 거의 떨어지지 않을 정도다. 특히 창준이 용언마법을 익히고 있다는 걸 생각하면 아주 대단했다.

그런데 창준은 그들이 싸우는 걸 보면서 한 가지를 깨달왔다.

'설마 저놈들… 한 가지 마법밖에 사용하지 못하는 건가?'

지금까지 지켜보면 스킨헤드 사내는 블러드 실드만 사용했고 거미 문신 사내는 다크 밤을, 붉은 머리 사내는 본 스피어만 사용하고 있었다.

이유는 알 수 없으나 목숨이 위험한 상황이 오더라도 다른 마법을 사용하지 않는 걸 보면 분명 한 가지 마법만 사용할 수 있는 것 같았다.

용일은 라스베가스에서 스펜서와 싸웠던 경험이 있다. 그렇기에 지금 사내들이 사용하는 마법이 스펜서가 사용했던 마법과 위력적인 면에서 크게 차이가 없다는 것도 알고 있었다.

당시 스펜서는 다양한 마법을 사용하며 흑마법사의 위용을 단단히 보여줬다. 그런데 같은 위력을 발하면서도 오직 한 가지 마법만 사용하고 있다? 이걸 어떻게 받아들여야 할지 고민이었다.

창준이 이런 생각을 하고 있는 사이 올리비아와 세 사내의 싸움은 점점 마지막을 향해 가고 있었다.

올리비아 역시 창준과 같은 생각을 했는지, 철저하게 세 사내가 모이지 못하도록 마법으로 견제하며 1서클부터 4서클까지 마법들을 다양하게 사용하고 있었다.

붉은 머리 사내는 아이스 포그에 갇혀 허둥대고 있었고 두 사내를 보호하고 있던 스킨헤드 사내의 블러드 실드는 당장이라도 깨질 것처럼 위태롭게 버티고 있었다.

"프로즌 웨이브(Frozen Wave)!"

올리비아의 외침과 함께 마법이 발현되자 그녀를 중심으로 아무것도 없는 바닥에서 얼음이 파도처럼 일어나기 시작하더니 블러드 실드를 향해 쏟아지기 시작했다.

한 번, 두 번…….

폭풍이 몰아치는 바다에서 거센 파도가 끊임없이 몰아치듯 얼음으로 만들어진 파도는 블러드 실드를 미친 듯이 밀어붙여왔다.

마지막이라고 생각한 듯 올리비아가 마나를 집중하자 블러드 실드를 통째로 집어삼킬 듯한 거대한 얼음 파도가 일어났다. 위태롭게 버티는 블러드 실드의 모습을 봤을 때, 저 얼음 파도가 몰아치면 실드가 박살 나며 두 사내도 삼켜버릴 것 같았다.

그런데 바로 그때, 세 사람을 제외한 또 한 사람의 목소리가 들렸다.

"다크 사이드(Dark Scythe)!"

그와 동시에 올리비아의 머리 위에 마기로 만들어진 거대한 낫이 생겨나더니 올리비아의 머리 위로 떨어져 내렸다.

카가가가각!

거대한 낫과 그레이트 실드가 부딪치는 귀에 거슬리는 소리가 요란하게 울리더니 어느 순간 그레이트 실드에 금이 가기 시작했다.

올리비아는 그걸 보고 깜짝 놀라며 프로즌 웨이브를 취소하고 얼른 새로운 그레이트 실드를 만들었다.

콰창!

거대한 낫은 그레이트 실드를 부수고 새로운 그레이트 실드에 부딪치고 나서야 사라졌다. 다크 밤보다 더 강력한 마법이었다.

한숨을 돌린 올리비아가 뒤를 돌아보니 방금 전까지 쉘 센터에서 소총을 쏘던 얼굴에 큰 흉터가 있는 남자가 서 있었다.

CHAPTER
05

괴물

ALCHEMIST

쉘 센터에 있던 사내가 이대로 가만히 있으면 세 사내가 당할 거란 걸 알아챘는지 얼른 개입을 한 것이다.

덕분에 워털루 스테이션 지붕에 있는 사내는 혼자 경찰이 다가오지 못하도록 견제하기 위해서 소총과 RPG—7을 쏘며 바쁘게 움직이고 있었다.

올리비아가 새로 합류한 얼굴에 흉터가 있는 남자를 압박하며 다시 싸움의 주도권을 가져오려고 했다. 그러나 이번에는 쉽지 않았다.

단지 한 사람이 늘어났을 뿐이지만 올리비아가 누군가를

압박하면 기다렸다는 듯이 다른 한 사람이 공격마법으로 올리비아를 공격했다. 그녀가 사용하는 그레이트 실드가 다크 밤이나 본 스피어를 막을 수 있지만, 두 개의 마법을 동시에 막을 정도로 단단하지는 않았다. 설상가상으로 스킨헤드 사내의 블러드 실드도 다시 복구되어 버렸다.

상황이 이렇게 되니 이제는 슬슬 올리비아가 밀리기 시작했다.

아무리 한 가지 마법밖에 사용하지 못하는 반쪽짜리 흑마법사라고 하더라도 숫자가 네 명이라 동시에 네 가지 마법이 날아올 수 있는 상황이다.

감탄할 정도로 올리비아의 마법 응용 능력이 뛰어나기는 했으나 기본적으로 그녀 역시 4서클 마법사였다.

'지원을 기다리다가 올리비아가 다칠 수 있겠네. 어쩔 수 없나?'

창준은 자리에서 일어났다. 올리비아와 싸우는 네 사내는 창준에게 쓸 정신도 없었다. 그렇기에 창준이 자리에서 일어났어도 그를 주목하는 사람은 한 사람도 없었다.

가볍게 땅을 통통 구른 창준은 가장 멀리서 공격을 하고 있는 흉터가 있는 사내에게 향했다. 그리고 발을 내딛자 어마어마한 빠르기로 달려 나갔다.

아직 헤이스트를 사용하지도 않았는데도 창준의 움직임은

동체시력이 좋은 사람이라고 하더라도 잠시 사라진 것처럼 느낄 만큼 빨랐다.

6서클에 오르면서 초인적인 신체 능력과 신체를 받쳐주는 마나로 인해 벌어진 현상이다. 아마 어지간한 중국의 무인이라도 창준과 같은 몸놀림을 보여줄 것 같지 않았다.

가뜩이나 올리비아에게 신경을 쓰고 있던 사내였기에 창준이 다가오는 걸 감지하고 대비할 수는 없었다.

순식간에 흉터 있는 사내의 뒤를 점한 창준은 가볍게 그의 팔을 비틀었다.

우드득!

"아악!"

사내의 팔은 마치 수수깡처럼 부러져 버렸다. 창준이 비명 소리를 듣고 바라보는 올리비아를 향해 손을 흔들자 올리비아가 조금 편한 표정으로 고개를 끄덕이고는 다시 세 사내에 대한 공세를 올렸다.

창준은 고통스러워하는 사내를 쓰러뜨리고 그 위에 올라타 부러진 팔을 잡았다.

"누가 나를 죽이라고 시켰지?"

"크으윽! 죽여라……."

창준의 말에 사내는 이를 갈며 말했다.

"잘못된 대답인데?"

창준이 부러진 팔을 슬쩍 비틀자 흉터의 사내가 다시 고통스러운 비명을 질렀다. 하지만 다시 창준을 바라보는 그의 눈빛은 악독하게 빛나고 있을 뿐 전혀 대답할 의향이 보이지는 않았다.

마법을 익히면서 창준의 정신세계가 깊어진 건 맞다. 하지만 그렇다고 그가 누군가를 고문할 정도로 독한 사람이 되었다는 얘기는 아니다.

그나마 영화에서 본 것이 있어서 이 정도는 했으나 독한 고문을 할 능력은 없었다.

"그러면 기다리고 있어. 내가 아니라고 하더라도 네가 입을 열도록 만들 능력자가 MI5에는 상당히 많을 것 같으니까."

"흐흐흐……."

"웃어? 내가 우습나?"

"내 입을 열도록 만든다고? 배신을 하느니 이 자리에서 죽겠다."

이글거리는 눈으로 말한 흉터의 사내가 이를 악물었다. 그러자 갑자기 그의 몸이 덜덜 경련을 일으키기 시작했고 입에서는 허연 거품이 흘러나왔다.

'독?'

창준은 얼굴을 찌푸리고는 스와트 팀을 향해 소리쳤다. 바쁘게 싸우고 있는 올리비아보다는 그들이 더 여유 있는 상황이었기 때문이다.

"여기 독을 삼켰어요!"

창준의 말을 들었는지 워털루 스테이션 지붕에 있는 사내를 향해 사격을 하고 있던 스와트 팀원 한 명이 달려오려고 했다.

그런데 흉터의 사내를 올라타고 있던 창준에게 미묘한 감각이 느껴졌다.

"마… 기? 갑자기 마기가 왜……."

죽어가는 사내가 단순히 경련을 일으키는 게 아니라 몸에서 마기를 뿜어내기 시작하더니 점점 몸이 커지는 게 아닌가.

'키메라로 변하는 건가?'

지금까지 흑마법사들은 키메라를 적극적으로 이용했었다. 이들이 마법을 어떻게 사용할 수 있는지 알 수 없으나 키메라에 대해서라면 이들이 갑자기 변한다고 하더라도 놀라지 않을 수 있었다.

창준이 뒤로 물러섰을 때는 흉터의 사내가 입고 있던 옷이 찢어지며 거대화가 진행되고 있었다.

창준이 있는 방향에서 이런 일이 일어나자 올리비아와 세 사내 역시 싸우던 걸 멈추고 멍하니 흉터의 사내가 변이하는 걸 지켜보고 있었다.

경악한 얼굴을 하고 있는 세 사내를 보니 저들도 흉터의 사내가 왜 이렇게 변하는지 모르고 있는 게 분명했다.

점점 거대해지던 흉터의 사내는 거의 5미터에 달하자 거대해지던 것이 멈췄다. 이때에는 이미 창준이 부러뜨린 팔은 언제 그랬냐는 것처럼 멀쩡하게 회복되어 있었다.

'키메라는 아니네.'

거대해진 흉터의 사내, 아니 괴물은 지금까지 봤었던 키메라와는 많이 달랐다. 거대해지기는 했으나 흉측한 모습의 키메라와 달리 사람의 외양이기는 했다. 물론 이미 사람이라고 불릴 수준이 지나 괴물이라 칭해야 했지만 말이다.

피부는 거무스름하게 변했고 온몸은 완전히 근육질로 변해 칼로 찔러도 들어가지 않을 것 같았다. 뿐만 아니라 그의 눈은 검은색으로 변해 눈동자도 보이지 않았으며 입에서는 숨을 쉴 때마다 마기가 흘러나오고 있었다.

분석까지 한 것은 아니나 창준은 아스란이 남긴 자료에서 비슷한 사례를 본 것 같았다.

'사람이 대량의 마기에 흡수하면 이런 증상을 보인다고 했던 것 같은데……'

그렇지만 이렇게 거대하게 변한다는 얘기는 아니었다.

괴물은 자리에서 일어서더니 입을 벌리고 고함을 질렀다.

크아아아아!

팡팡팡팡팡!

주위에 있던 유리들이 일제히 터져 나갔다.

괴물의 고함은 마치 음파공격 같았다. 그의 고함을 가까이에서 들은 스와트 팀은 고막이 터졌는지 피를 흘리며 쓰러졌고 조금 멀리 있던 스와트 팀과 경찰들은 피까지 흘리지는 않았으나 그대로 까무러치듯 기절하고 말았다.

창준은 당연히 멀쩡했다. 이 정도로 그의 몸을 상하게 할수 없었다.

'올리비아는?'

시선을 돌려 올리비아를 찾아보니 고통스러운 듯 잔뜩 인상을 쓰고 귀를 막기는 했으나 부상을 입은 것 같지 않았다.

창준은 그런 올리비아를 향해 손짓했다. 아무래도 그녀가이 괴물을 상대할 수 있을 것처럼 보이지는 않았기에 부른 것이다.

올리비아가 조심스레 괴물과 세 사내를 주시하며 다가와서 말했다.

"저 괴물은 대체 뭐죠?"

"모릅니다. 대충 짐작은 가는데 정확하게 얘기하기는 힘드네요."

그때 괴물이 움직였다.

창준은 괴물이 움직이려는 걸 눈치채고 얼른 대비를 하려고 했는데, 괴물이 향한 곳은 창준이나 올리비아가 아니었다.

괴물은 붉은 머리의 사내를 향해 달려갔던 것이다.

쿵! 쿵! 쿵!

한 걸음 내디딜 때마다 바닥이 부서지며 충격파를 만들었다.

괴물이 자신을 향해 달려오는 걸 본 붉은 머리 사내는 다급히 피하려고 했으나 괴물의 움직임은 창준과 비교해도 손색이 없을 정도였다.

콰직!

"쿨럭……."

괴물의 손이 붉은 머리 사내의 가슴을 뚫고 등 뒤로 튀어나왔다. 이런 상처를 입은 사람이 살아날 리가 없다. 붉은 머리 사내는 입에서 피를 한 번 토하고는 비명도 지르지 못하고 그대로 죽었다.

죽은 시체를 귀찮다는 듯이 던져 버린 괴물은 이번엔 남은 두 사내를 향했다.

스킨헤드 사내는 서둘러 블러드 실드를 펼쳤고, 거미 문신의 사내는 달려오는 괴물을 향해 흑마법을 사용했다.

"다크 밤!"

콰쾅!

괴물이 정통으로 마법을 맞는 걸 보고 안도의 한숨을 내쉬려는 그때, 연기를 헤치고 티끌만큼도 다치지 않은 모습을 드러내더니 순식간에 블러드 실드 앞으로 다가와 거대한 주먹으로 후려쳤다.

콰창!

단 한 번의 주먹질.

그것으로 블러드 실드를 부숴 버린 괴물은 두 사내 역시 가슴을 꿰뚫어 손쉽게 목숨을 거둬들였다.

"이게… 대체 무슨 일이죠?"

올리비아가 망연한 얼굴로 괴물을 바라보며 말했다. 당연히 자신들을 공격할 줄 알았던 괴물이 동료들을 사냥하듯 죽이는 걸 이해할 수 없었다.

그건 창준도 마찬가지였다.

당황한 얼굴로 괴물을 바라보던 창준은 이내 냉정해졌다. 아무리 생각해도 흑마법사가 만든 이런 괴물이 쓸데없는 짓을 할 리는 없다고 생각했기 때문이다.

날카로운 눈으로 괴물을 주시하던 창준은 이내 무언가 봤다.

'…손에 들고 있던 건 뭐지?'

분명 흑마법을 사용하던 사내들은 죽었지만, 그들의 몸에서 흐르던 마기는 고스란히 괴물의 두 손에서 느껴지고 있던 것이다.

"설마……."

"무슨 일인지 알겠어요?"

창준이 흘리는 말에 올리비아가 질문을 던질 무렵, 괴물은 다시 땅을 박차더니 이번에는 워털루 스테이션 지붕을 향했다. 땅을 한 번 박찼을 뿐인데, 괴물은 마치 날아오르는 것처럼 단번에 지붕으로 올라서고 있었다.

동료들이 죽는 걸 지켜봤던 사내가 괴물을 향해 RPG−7을 발사했다.

푸슈욱!

괴물은 자신을 향해 날아오는 탄두를 보더니 쩍 입을 벌려 집어삼켰다.

쿵!

작은 폭발음이 괴물의 내부에서 울렸다. 그리고 그게 끝이었다.

"마, 말도 안 돼……."

사내가 망연히 중얼거리더니 다시 괴물이 자신을 향해 달려오자 이번에는 마법을 사용했다.

"본 아머!"

사내의 발밑에서 검은 공간이 열리고 각종 뼈들이 튀어나와 사내를 중심으로 회전했다. 그는 공격 마법 대신 방어 마법을 익히고 있었던 모양이었다.

마법으로 몸을 방어한 사내가 괴물을 향해 소총을 난사했다. 소용없을 거라는 걸 알면서도 그가 할 수 있는 거의 유일한 반항이라 할 수 있었다.

소총에서 발사된 총알은 괴물의 몸에 부딪치더니 단단하지만 부드럽고 탄력 넘치는 근육을 뚫지 못하고 그대로 튕겨나갔다. 그리고 사내 앞에 도착한 괴물이 손을 휘두르자 단 한 번에 본 아머가 산산이 튕겨나가며 가슴이 뚫리고 말았다.

'역시 저놈이 노린 게 저거였어.'

괴물이 사내들을 죽이고 몸에서 채취한 건 아마도 흑마법을 사용하게 해주고 죽게 되었을 때 괴물로 변하도록 만드는 흑마법이 가미된 무언가였을 것이다.

그런 걸 괴물이 수거했다는 건 아마도 저걸 이용하여 더 강한 힘을 얻을 수 있기 때문인 것 같았다.

창준의 생각대로 괴물은 손에 들고 있던 네 개의 검은 무언가를 입에 털어 넣었다. 그러자 괴물의 몸이 덜덜 떨리기 시작하더니 몸에서 폭발적인 마기가 쏟아져 나왔다.

그 기세가 얼마나 맹렬한지 4서클 마법사인 올리비아마저 가늘게 몸을 떨고 있을 정도였다.

변이는 순식간에 끝났다.

쏟아져 나오는 마기가 다시 괴물에게 빨려 들어가더니 눈이 붉은색으로 변한 것을 끝으로 외양에 큰 변화는 없었다.

그렇지만 창준은 괴물이 아까보다 훨씬 강해진 걸 느낄 수 있었다.

괴물이 변이를 마치는 걸 지켜보고 있던 창준은 문득 자신의 소매를 잡는 손길을 느꼈다. 고개를 돌려보니 식은땀을 흘리는 올리비아가 떨리는 손으로 소매를 잡고 있는 게 보였다.

그런데 창준의 시선이 올리비아에게 돌아간 그때, 괴물의 시선이 창준을 향했고 순간적으로 사라진 것처럼 보이더니 창준의 앞에서 나타났다.그러곤 당연하게도 창준을 향해 그 거대한 주먹을 휘둘렀다.

퍽!

콰콰쾅!

괴물의 주먹이 창준을 가격하는 소리는 생각보다 크지 않았다. 하지만 결과는 완전히 달랐다.

마치 활에서 발사되는 화살처럼 괴물의 주먹에 맞은 창준이 휙 날아가더니 쉘 센터 옆에 있는 건물에 처박혔다. 아니, 단순히 처박힌 게 아니라 건물에 커다란 구멍을 만들었고, 건물은 그 충격에 무너지며 구멍을 다시 메워 버렸다.

올리비아는 괴물의 주먹에 맞지 않았다. 그러나 단지 괴물이 휘두른 주먹의 풍압만으로 거의 몇 미터나 날아가 버렸다.

겨우 정신을 차린 올리비아는 창준이 처박히며 무너지는 건물을 보고 비명을 질렀다.

"차, 창준!"

대답은 없었다. 피류으로 만들어진 사람이 부딪쳐 건물을 무너뜨릴 정도라면 어떤 사람이라도 살아남지 못하리라.

올리비아는 망연히 무너지는 건물을 바라봤다. 그리고 창준을 날려 버린 괴물은 그런 올리비아를 향해 천천히 다가가기 시작했다.

올리비아가 다시 시선을 돌린 건 괴물이 그녀의 앞에서 걸음을 멈췄을 때였다. 자리에 주저앉아 있던 올리비아였기에 괴물을 바라보고 위해 고개를 한껏 뒤로 젖혀야 했다.

올리비아는 부들부들 떨면서도 괴물의 눈과 마주치며 이를 악물었다. 죽을 때 죽더라도 살기 위해서 바동거리는 치욕적인 모습을 보이고 싶은 생각은 없었다.

당장 마법을 쓸 수 없는 건 아니었다. 하지만 방금 보였던 괴물의 움직임과 힘을 생각하면 그녀가 마법을 사용한다고 하더라도 아무런 효과가 없을 것이 분명했다.

그녀의 마법을 견디던 블러드 실드를 한 방에 부숴 버리고 RPG—7을 삼키는 괴물이 아니던가.

곧 다가올 죽음에 몸은 떨고 있었으나 올리비아의 눈빛은 흔들리지 않았다.

괴물을 노려보던 올리비아가 입을 열었다.

"죽여, 이 괴물아."

크르르!

짐승의 으르렁거리는 소리보다 섬뜩한 소리가 괴물의 입에서 흘러나왔다. 그리고 천천히 주먹을 치켜들기 시작했다. 괴물의 주먹이 떨어지면 올리비아는 한 줌 핏덩이로 변하고 말 것이었다.

그걸 본 올리비아가 스르륵 눈을 감고 마지막을 준비하기 시작했다. 그런데 눈을 감고 있던 올리비아의 귀에 목소리가 들렸다.

"쇼크 웨이브!"

핑!

쇼크 웨이브 특유의 맑은 소리가 울리며 원형의 충격파가 괴물의 왼쪽을 직격했다. 하지만 4서클 마법을 맞은 괴물은 몇 미터 밀려나기만 했을 뿐, 큰 상처를 입지 않을 것 같았다.

그때 여러 명의 목소리가 동시에 들렸다.

"토네이도!"

"록 버스터!"

"파이어 랜스!"

괴물을 향해 광폭한 회오리바람이 날아가고 폭발하는 바위가 날아왔으며 불로 만들어진 창까지 날아왔다. 방금 전 쇼크 웨이브 마법과 연계해서 날아온 세 가지 마법은 괴물에게 직격하며 요란한 폭음을 만들었다.

괴물이 쏟아지는 마법에 주춤거리며 물러서는 사이 검은 정장을 입은 요원 하나가 날아와 올리비아를 부축하며 일으켰다.

"괜찮습니까?"

"…어디에서 나왔나요?"

"MI5입니다."

마법사를 외부에 공개할 수 없도록 되어 있었는데 어떻게 이런 결단을 내렸는지 알 수 없었다.

하지만 지금 중요한 건 이런 게 아니었다.

플라이 마법을 사용하며 공중에 떠 있는 일곱 명의 마법사를 보고 물었다.

"몇 서클 마법사들이 나온 거죠?"

"3, 4서클입니다. 곧 고위 마법사도 준비되는 대로 이곳으로 출동할 겁니다."

올리비아는 입술을 깨물었다.

이들은 모르지만 올리비아는 괴물이 얼마나 강력한 힘을 가졌고 튼튼한 신체를 가졌는지 직접 봤다. 4서클 마법사라면 일곱 명이라고 하더라도 괴물을 상대로 이길 수 있을 것 같지 않았다.

이런 올리비아의 생각을 증명이라도 하듯이 무차별적으로

난사하는 마법을 온몸으로 받아내고 있던 괴물이 하늘을 향해 고함을 질렀다.

크아아아아아!

괴물의 괴성은 아까처럼 음파 공격과 같은 효과를 발휘했다. 그러나 위력은 변이를 한 번 더 하기 전과 전혀 달랐다.

"쿨럭……."

"어억……."

3서클 마법사 네 명은 괴물이 토하는 마기가 섞인 음파공격에 마나가 역류했는지 플라이 마법이 깨지고 칠공에서 피를 흘리며 추락했다.

4서클 마법사라고 크게 상황이 좋지는 않았다. 올리비아를 포함하여 4서클 마법사 전원이 입에서 피를 토했다. 다행히 마나가 역류하지는 않았으나 이들로 괴물을 막을 수 없다는 걸 확실히 느끼도록 만들었다.

"어서… 도주 명령을……."

다시 한 번 목을 타고 올라오는 피를 꾹 삼킨 올리비아가 명령을 내리려고 했으나 괴물의 움직임이 더 빨랐다.

땅을 박치고 뛰어오른 괴물은 순식간에 공중에 있는 4서클 마법사 하나를 낚아채더니 가볍게 목을 비틀어 버리고는 죽어가는 마법사를 다른 마법사를 향해 집어던졌다.

깜짝 놀란 마법사가 서둘러 실드 마법을 펼치자 그가 펼친 실드에 부딪친 마법사의 시체는 곤죽이 되어 떨어져 내렸다. 그리고 잠시 멈칫했던 짧은 시간에 괴물이 다가와 실드를 박살 내며 마법사의 머리통을 흔적도 없이 날려버렸다.

"윈드 스피어(Wind Spear)!"

황급히 올리비아를 부축했던 요원이 괴물을 향해 마법을 날렸으나, 괴물이 자신을 향해 날아오는 바람으로 만들어진 창을 후려치자 흔적도 없이 소멸되었다.

"말… 말도 안 돼……."

마법을 배우고 난 이후로 이렇게 허무하게 마법을 없애는 걸 처음 봤다.

괴물은 이번엔 땅에 떨어진 돌을 힘껏 차버렸다. 괴물에게는 작은 돌 정도의 크기였지만, 사람으로 치면 거의 상체 대부분을 가릴 정도로 거대한 돌이었다.

총알처럼 날아온 돌덩이가 넋을 놓고 있는 마법사를 직격했다.

으직!

작은 소리와 함께 서 있던 마법사의 상체가 날아가 버렸다. 엄청난 힘을 내포한 돌덩이에 상체가 없어진 것처럼 날아간 것이다.

이 상황을 반전시킬 방법이 없다는 좌절감에 올리비아의 눈에서 눈물이 흘러내렸다.

창준이 처박혀 무너졌던 건물에서 엄청난 폭발이 일어난 건 바로 그때였다.

콰과과과광!

폭발의 위력이 얼마나 강력했는지 사람만 한 돌덩이들이 사방으로 비산했다. 폭발로 인한 연기가 가라앉으며 창준의 모습이 드러났다.

"후우……."

길게 숨을 내쉬고 있는 창준의 머리에서는 제법 많은 피가 흘러내리고 있었다. 그걸 제외하고 먼지가 잔뜩 묻어 있다는 걸 제외하면 의외로 괜찮았다. 건물을 무너뜨릴 정도로 처박힌 사람치고 말이다.

창준은 자신을 바라보고 있는 괴물을 바라보며 소매로 뺨을 따라 흐르고 있는 피를 훔쳤다. 소매가 온통 붉은색으로 변한 걸 본 창준의 얼굴이 잔뜩 일그러졌다.

"하하……. 피가 나네."

일그러진 얼굴로 메마른 웃음을 흘리는 창준의 모습은 화가 많이 난 것처럼 보였다.

크아아아아!

괴물은 창준을 향해 괴성을 지르더니 무지막지한 속도로 달려와 주먹을 내려쳤다. 이번에는 확실하게 죽이겠다는 의지가 보였다.

그런데 결과는 창준을 건물에 처박았을 때와 전혀 다르게 나타났다.

턱!

괴물의 주먹에 비하면 엄청나게 작다고 할 수 있는 창준의 손이 괴물이 내지른 주먹을 막고 있었다.

예리하게 빛나는 눈으로 괴물을 바라본 창준은 가볍게 뛰어올라 괴물의 복부에 주먹을 찔러 넣었다.

퍼억!

괴물의 몸에 비하면 창준의 주먹은 작았다. 사람으로 따지면 어린아이 주먹보다도 작다고 할 수 있었다.

그러나 결과는 어린아이가 성인에게 낼 수 있는 것과 전혀 달랐다.

끄어어…….

창준이 날린 주먹은 괴물의 복부를 파고들었고, 거의 등 뒤로 튀어나올 정도로 괴물의 복부가 움푹 들어갔다. 그 고통이 엄청났는지 괴물은 처음으로 고통에 겨운 신음 소리를 흘렸다.

창준은 땅에 내려서자마자 괴물의 오른쪽 다리를 걷어찼다. 그러자 괴물이 벌러덩 자빠졌다.

넘어진 괴물의 머리로 다가간 창준이 괴물의 얼굴을 축구공 차듯이 차버렸다. 흔히 사커킥이라 부르는 기술이었다.

쿠당탕!

얼굴을 걷어차인 괴물은 덤프트럭에 받친 것처럼 거의 십여 미터를 데굴데굴 굴러가 처박혔다. 충격이 상당했는지 바로 일어나지도 못하고 비척거리며 일어나다 재차 얼굴을 땅에 처박고 있었다.

창준은 주저앉아 있는 올리비아에게 손을 내밀며 물었다.

"괜찮아요? 어디 다친 곳은 없죠?"

"네. 저보다 창준이 많이 다친 것 같은데⋯⋯."

얼떨떨한 모습으로 말하는 올리비아는 꽤나 많은 피가 흐르는 창준의 머리를 바라보며 말했다.

"아니에요. 이거 그냥 생채기 수준이에요. 쓸데없이 피만 많이 흐르네요."

창준은 다시 소매로 피를 훔치며 대수롭지 않게 말했다.

그의 말이 틀린 건 아니었다.

괴물에게 얻어맞았을 때부터 건물이 무너지며 잔해가 그를 덮칠 때까지 엄청난 충격을 받은 건 사실이지만, 실제로 상처는 이마 위쪽이 3센티미터쯤 찢어진 것에 불과했다.

창준이 인간의 한계를 벗어났다는 말은 단순히 힘이나 민첩성만을 얘기하는 게 아니었다. 마치 중국의 무인들이 마나로 몸을 보호하는 것처럼 창준의 몸도 위급한 상황이 닥치면 몸속의 마나가 알아서 그를 보호하도록 되어 있었다.

뿐만 아니라 창준은 인지하지 못한 충격을 받게 될 경우 자동적으로 그레이트 실드가 발동하도록 되어 있었다.

괴물의 힘이 무시하지 못할 수준이었고 연이어 건물에 잔해에 깔려 그레이트 실드가 부서지기는 했으나 크게 다치지는 않았다.

창준은 주변을 둘러봤다.

그가 무너진 건물에 처박혀 있는 사이 지원이 왔다는 건 느끼고 있었다. 그리고 빠르게 죽어간 것도.

'3서클 마법사 두 명이 죽었고 나머지 두 명은… 빨리 병원으로 가지 않으면 죽겠어. 4서클 마법사는 한 명 남았고…….'

3서클 마법사들이 괴물이 내지른 고함에 추락하기는 했으나 모두 죽지는 않았다. 두 명은 살아남았다. 워낙 높은 곳에서 떨어지다 보니 중상은 피할 수 없었지만 말이다.

괴물이 비틀거리면서도 슬슬 일어서고 있었다. 창준에게 당한 상처는 모두 복구되었는지 보이지 않았으나 몸속에는 아직 여파가 남은 듯 보였다.

"잠깐만 기다려요. 저것 좀 처리하고 오도록 하죠."

"…네…….."

대수롭지 않게 얘기하는 창준의 말에 올리비아는 멍하니 대답했다. 압도적인 힘을 보여줬던 괴물을 쓰레기 치우는 것처럼 대수롭지 않게 말하는 모습이 뭔가 위화감이 들도록 만들었다.

'당신은 대체… 얼마나 강한 거죠?

올리비아는 창준을 4서클 마법사로 알고 있었다. 그동안
실력이 많이 늘었다고 하더라도 5서클은 넘지 않을 거라 선
을 그었다.

그런데 4서클 마법사를 쥐 잡듯이 해치우는 괴물을 대수롭
지 않은 것처럼 보고 있다.

특히 마법사들이 갖지 못하는 육체적인 저 힘은 뭔가? 중
국의 무인들마저도 거의 보이지 못할 수준의 힘을 보여주고
있지 않은가.

'마검사처럼……'

마법도 사용하면서 검술도 뛰어난 사람.

마검사라는 단어가 있기는 하나, 이것들은 모두 상상 속의
산물이라 생각했었다. 실제로 지금까지 마법사의 역사를 보
면 마법과 검술을 사용했던 괴짜 마법사는 있었다. 그러나 창
준처럼 압도적인 모습을 보여준 사람은 결단코 단 한 명도 없
었다.

괴물에게 다가간 창준이 물끄러미 바라보며 말했다.

"아마 너도 속았겠지. 너도 인간의 모습으로 죽는 게 아니
라 이런 괴물이 될 거라 생각하지는 못했을 거야. 흑마법사를
믿다니……. 미련한 놈."

괴물은 회번덕거리는 눈으로 창준을 바라보다가 무차별적으로 주먹을 내질렀다.

쾅! 쾅! 쾅! 쾅! 쾅!

눈으로 확인도 할 수 없을 정도로 빠른 주먹이 땅에 꽂힐 때마다 바닥이 박살 나며 부서져 나갔다. 하지만 괴물의 주먹은 창준의 머리카락도 스치지 못했다.

아스란이 남긴 몽크 특유의 몸놀림으로 괴물의 주먹을 피하던 창준이 괴물의 무릎을 주먹으로 후려쳤다.

콰직!

작은 창준의 주먹을 맞은 괴물은 무릎이 박살 나며 쓰러졌다. 창준은 지체하지 않고 괴물의 몸을 타고 올라가 괴물의 얼굴을 향해 방금 전 괴물이 했던 것처럼 주먹을 소나기가 퍼붓듯이 퍼부었다.

한 번의 주먹질마다 괴물의 얼굴에 있는 뼈가 부서지고 살점이 날아갔다. 그와 함께 흘러나온 피는 창준의 전신을 물들였다.

잠시 후 창준이 주먹을 멈췄을 때는 괴물의 머리가 완전히 사라진 상태였다.

"후우……."

가볍게 한숨을 내쉰 창준이 일어나 올리비아를 향해 손을 흔드는데, 갑자기 괴물의 두 손이 움직이더니 창준을 덥석 잡왔다.

"…어?"

괴물은 머리가 없는데도 아무렇지 않게 일어나더니 창준을 마구 땅에 내리찍었다.

쾅! 쾅! 쾅! 쾅!

네 번을 연속해서 땅에 찍힌 창준이 힘으로 괴물의 손을 밀어내고 땅에 내려섰다. 다행히 다친 곳은 없어 보였다.

창준이 괴물을 바라보니 어느새 없어졌던 얼굴이 절반쯤 재생이 되고 있는 게 아닌가.

'하! 머리를 날려 버렸는데도 살아난다고? 진짜 괴물이네……'

그렇다고 방법이 없는 건 아니었다. 다시 재생도 하지 못하도록 완전히 부숴 버리면 될 테니까.

창준이 다시 달려들려고 할 때, 괴물이 손을 펼쳤다. 그러자 창준을 향해 검은 마기가 밀려오더니 엄청난 폭발이 일어났다.

거미 문신 사내가 사용하던 흑마법 다크 밤이었다. 다른 점이 있다면 똑같은 마법이었으나 거미 문신 사내가 사용했던 것과 비교할 수 없을 정도로 괴물이 사용한 다크 밤이 더 위력적이라는 것이다.

콰콰콰쾅!

수류탄 수십 개가 터진 듯한 굉음과 함께 무지막지한 폭발이 일어났다.

괴물이 흑마법을 사용할 거라 예상하지 못했던 창준은 폭발에 휘말려 쉘 센터에 처박히고 말았다.

"크으……."

신음을 토하며 일어난 창준은 걸레처럼 변해 버린 옷을 보고 짜증스러운 얼굴이 되었다. 다행히 크게 다치지는 않았으나 아까부터 계속된 싸움에 옷이 남아나지 않았다.

'이러다가 팬티만 입고 싸우겠네.'

그런 꼴을 보이는 건 사양하고 싶었다.

사실 괴물을 처리하고 싶으면 정말 순식간에 처리할 수 있을 것 같았다. 그럼에도 그렇게 빨리 처리하지 않는 이유는 자신이 6서클에 올랐다는 걸 밝히고 싶지 않았기 때문이다.

이미 창준은 너무 많은 걸 보여줬다. 마법진도 그렇고 오늘은 육체적으로도 마법사와 비견할 수 없는 수준에 이르렀다는 걸 보여줬다. 여기에 자신이 6서클에 올랐으며 캐스팅이 필요 없는 용언마법을 익혔다는 걸 알리게 된다면…….

창준을 경계하는 쓸데없는 적을 만들지도 모른다.

이미 흑마법사만으로도 충분히 괴로운 상태다. 더 이상 적을 늘리고 싶은 생각은 전혀 없었다.

'그래도 6서클 마법은 안 돼.'

창준은 다시 마기가 자신의 주위로 몰려드는 걸 느끼고 서둘러 자리를 피했다. 그가 피한 자리에서 다시 한 번 강력한 다크 밤이 터져 나갔다.

'마법은 5서클까지만…….'

자신을 향해 달려가는 창준을 향해 괴물이 두 손을 펼쳤다. 그러자 한쪽 손에서는 본 스피어가 튀어나왔고 다른 한 손에서는 거대한 낫이 튀어나와 창준을 향해 살벌한 기세로 날아왔다.

본 스피어는 그레이트 실드로 튕겨낸 창준은 자신을 두 쪽으로 가를 것처럼 날아오는 다크 사이트를 가볍게 피하고 마법을 사용했다.

"라이데인."

쿠르릉!

괴물의 머리 위로 뭉치기 시작한 검은 먹구름이 수십 개의 번개를 내리꽂았다.

크아아아!

연속해서 꽂히는 번개는 아무리 괴물이 대단한 내구성을 가지고 있다고 하더라도 아무렇지 않게 견딜 수준이 아니었다. 번개에 당한 상처가 복구되기도 전에 두 개, 세 개의 번개가 다시 괴물을 태웠기 때문이다.

괴물이라고 가만히 당하는 건 아니었다. 마법도 마법이지만 창준이 지척까지 다가오고 있는 게 보였다.

괴물의 몸에 사람이 펼쳤을 때와 전혀 다른 수준의 본 아머와 블러드 실드가 만들어졌다.

"그리드. 아이스 필드."

그리드 마법은 괴물과 지면 사이의 마찰계수를 0으로 만들어 넘어뜨렸고 넘어진 괴물은 아이스 필드가 붙잡아 얼려갔다.

당장이라도 몸을 얼리는 얼음을 부수고 일어날 것처럼 버둥거리는 괴물의 위로 달려온 창준은 괴물의 입을 향해 손을 펼쳤다.

크아아아아!

마지막 발악인지 괴물이 음파공격을 했으나 창준은 눈썹 하나 움직이지 않고 벌어진 괴물의 입을 향해 마법을 사용했다.

"룬 플레어(Rune flare)."

파이어 랜스의 강화버전이자 5서클 화염계 마법 중 가장 강한 위력을 발휘하는 마법들 중 하나.

괴물의 입을 향해 불꽃으로 만든 창이 들어가 배 속에서 터졌다.

한 번이 아니었다.

"룬 플레어, 룬 플레어, 룬 플레어."

연속해서 5서클 마법을 퍼붓자 괴물의 배가 점점 커지며 근육이 찢어지는 소리가 울려 퍼졌다. 그리고 결국 괴물이 내부에서부터 터져 버렸다.

콰콰쾅!

단순히 배만 터진 수준이 아니었다. 입을 통해서 들어갔기에 머리부터 배까지 모두 날아가 버렸다. 남은 거라고는 그나마 온전하지 못한 잘린 팔과 다리뿐이었다.

괴물이 폭발하기 직전 뒤로 피한 창준은 터져 버린 괴물을 보며 한숨을 내쉬었다.

'이제 끝났나?'

그러곤 주변을 둘러본 창준은 묘한 표정을 지었다.

주변에는 언제 왔는지 MI5 국장인 리처드를 비롯해 이십여 명의 마법사가 추가로 도착해 그를 지켜보고 있었다.

'아닌가 보군. 이놈을 처리하느라 너무 집중했나 보네.'

알았다고 하더라도 괴물과 싸우던 걸 멈추고 도주할 생각은 없었다. 단지 주변 경계를 소홀히 한 스스로를 탓할 뿐이다. 언젠가 정말 위험한 사람이 자신의 뒤를 칠 수 있으니까.

창준은 살짝 놀랐던 표정을 지우고 환하게 웃으며 말했다.

"오랜만이군요, 미스터 브리스톨."

정말 반갑다는 듯이 말하는 창준과는 반대로 리처드는 딱딱하게 군은 얼굴이었다.

리처드의 모습이 정상적인 반응이다.

싸움의 여파로 주변은 초토화되다시피 폐허가 되어버렸고 사상자와 부상자도 다수 발생했다.

뿐만 아니라 그렇게 숨겨왔던 능력자에 대해서도 이젠 숨길 수 없었다. 거기다가 괴물에 대해서는 어떻게 해명할지 머리가 아파오는 상황이다.

창준과의 관계를 생각하지 않아도 도저히 웃을 수 있는 상황은 아니었다.

"대체… 당신의 정체는 무엇이오?"

심각하게 물어보는 리처드의 질문은 너무 모호했다.

"저에 대해서는 이미 잘 알고 있는 걸로 아는데요. 한국인이고 마법을 익혔으며 영국과 협력 관계를 유지하고 있고……."

"그런 걸 묻는 게 아니라는 걸 알고 있지 않소!"

"그럼 저에게 뭘 묻고 싶은 건지 정확히 말해주시지요."

"그 힘……. 당신은 마법사가 맞소?"

리처드의 입에서 이런 질문이 튀어나오는 건 당연했다.

마법사는 신체적으로 일반인과 다를 바가 없다. 오히려 마법에 매진한다고 연구실에 박혀 있는 경우가 많아 오히려 동년배 일반인보다 신체적 능력치가 떨어지는 경향도 있었다.

그래서 마법사가 신체적인 능력을 보완하고자 만든 마법이 헤이스트와 같은 보조 마법이었다.

그러나 창준이 보여준 능력은 그 정도가 아니었다. 그가 보여준 능력은 거의 중국 무인에 육박하는 수준이었으니까.

아무리 마법으로 신체적 능력치를 보완하더라도 방금 봤던 괴물과 몸싸움을 할 수 있는 수준이 될 수 없다.

그런데 창준은 그걸 몸소 보여줬다. 괴물의 마지막은 마법으로 처치했으나 싸움 과정에서 그의 신체적 능력이 없었다면 훨씬 더 어려운 싸움이 되었을 거라고 자신 있게 말할 수 있었다.

"마법사 맞습니다. 근데 지금 제가 마법사인지 어떤지가 중요한 일은 아닌 것 같은데요."

창준의 말에 리처드가 정신을 차렸다. 너무 믿을 수 없는 장면이었기에 자신도 모르게 물었었다.

마음을 진정시킨 리처드가 창준에게 말했다.

"저희와 같이 가시지요."

"체포하는 겁니까, 아니면 구금하는 겁니까?"

"어떻게 받아들이셔도 상관없습니다. 참고인 정도로 받아들이셔도 됩니다."

"하긴 명칭이 중요하지는 않지요. 그럼 제가 따라가면 블랙 사이트(Black Site)로 가는 겁니까?"

블랙 사이트란 흔히 방첩부대나 군대의 비밀 군사시설을 말한다. 블랙 사이트에서는 외부로 전혀 정보가 유출되지 않기 때문에 테러범과 같은 범인들을 잡아다가 고문을 하거나 불법으로 감금을 하기도 한다.

한마디로 창준은 자신을 여전히 범인으로 보고 있어서 은연중에 물어본 거라고 할 수 있었다.

리처드는 창준의 말에 대답을 하지 못했다.

아직 창준은 필리다 워커를 암살한 사람으로 지목되고 있었다. 오늘 일어난 사건으로 그의 혐의가 달라지는 건 아니었다. 창준이 범인이라는 너무나 결정적인 증거가 있으니까.

창준은 그런 리처드를 보며 웃었다.

"너무 심각하네요. 제 생각을 먼저 말하는 게 좋겠어요. 저는 여기서 당신들을 따라갈 생각이 전혀 없습니다."

"그러면……."

안색이 굳은 리처드가 말을 하려고 할 때, 창준이 그의 말을 끊고 먼저 얘기했다.

"그리고 다시 도망칠 생각도 없어요. 제가 무슨 일로 MI5에 쫓기는지 이유도 몰랐는데, 당신들은 제가 필리다를 암살했다고 생각한다는 걸 바로 얼마 전에 알았습니다."

"그럼 아니라는 말이오?"

"당연히 아니죠. 제가 하지도 않은 일 때문에 쫓기는 거나

오해를 받는 것도 상당히 짜증 나는 일이에요. 덕분에 이렇게 오랫동안 영국에 있으면서 관광도 제대로 못했다니까요."

"……."

"당신들을 따라가면 별로 좋은 대우를 받지 못할 건 분명하고, 저는 저에 대한 오해를 풀 수 있는 방법을 올리비아에게 얘기했습니다."

리처드의 눈이 올리비아를 향했다. 그러자 올리비아는 창준의 말이 맞다는 듯 고개를 살짝 끄덕였다.

"저는 지금부터 호텔에 머물고 있겠어요. 도망갈 것 같으면 감시하는 사람을 배치하세요. 대신 올리비아의 얘기를 듣고 입장을 분명히 해줘요."

"…올리비아의 얘기를 듣고도 당신을 잡으려고 한다면……."

"뭘 그럴 걸 묻고 그래요? 당연히 도망가야죠. 그때 당신들은 최선을 다해서 호텔에 있는 저를 잡아요. 저는 최선을 다해 도망갈 테니까."

뭔가 말이 이상했다.

창준을 지금 억류해서 압송하면 일이 편해진다. 굳이 그가 호텔에 머물도록 하고 최악의 경우에 오늘과 같은 전투를 다시 벌일 이유는 없다.

하지만 지금 창준이 도망가려고 한다면… 과연 잡을 수 있을까?

'힘들지도…….'

지금까지 본 창준은 대략 5서클 마법사에 중국 무인 수준의 힘을 가진 사람이었다.

리처드는 이곳의 5서클 마법사 다수와 4서클 마법사가 창준을 막을 수 있을 것 같지 않았다.

실제로 창준이 해치운 괴물을 지금 있는 인원에서 얼마나 사상자를 보고 처리할 수 있을지 가늠이 되지 않았는데, 창준은 그런 괴물을 홀로 쓰러뜨린 사람이다.

리처드는 자신이 6서클 마법사인데도 창준을 상대할 수 있을지 확신이 들지 않았다. 그만큼 창준의 능력이 무서울 정도였다.

한참을 고민한 리처드는 결국 창준의 말을 받아들이기로 했다.

'일단 올리비아에게 말한 것이 무엇인지 확인하는 게 먼저겠지.'

지금도 창준을 잡을 수 있다 확고하게 말할 수 없었다. 그렇다면 어차피 창준은 도망가지 않겠다고 했으니 그를 상대할 방법을 찾으면 된다. 이미 리처드의 머릿속에 한 사람이 떠오르고 있었다.

"알겠소. 도망가지 않겠다는 말을 믿도록 하겠소."

"당연하죠. 영국에 제 사업이 있는데 이걸 다 포기하고 도망가는 건… 너무 손해예요."

이건 사실이 아니다. 사업은 얼마든지 포기하고 도망갈 수 있기는 했다. 사업을 포기한다고 하더라도 통장에 수천억이 있으니 돈이 아쉽지는 않다.

하지만 이런 창준의 마음을 모르니 지금 그가 하는 말은 꽤나 설득력이 있었다.

"호텔은 우리가 지정하겠소."

"기왕이면 오성급 호텔 펜트하우스로 부탁해요."

넉살이 좋은 건지 얼굴이 두꺼운 건지 알 수 없었다.

"오늘 벌어진 일은 이떻게 된 건지 설명 좀 해주겠소?"

"저도 궁금한 일이네요. 저는 그저 올리비아와 약속을 해서 만났을 뿐이거든요. 약속 장소, 시간까지 모두 올리비아가 정했고요."

"그러면 저들의 정체를 모른다는 말이오?"

창준은 리처드의 말에 그를 슬쩍 보더니 물었다.

"흑마법사에 대해서 모르는 것처럼 말씀하시는군요."

흑마법사라는 말에 리처드의 얼굴이 굳었다. 그 역시 흑마법사에 대해서 알고 있는 게 분명했다.

"당신이 올리비아를 통해서 말했던 것들은 모두 들었소. 유전자 변형 마약을 만드는, 우리와 다른 체계의 마법을 사용하는 자들…….”

"정확하네요. 아마도 그들이 만든 새로운 무기인 것 같습니다."

리처드는 얼굴이 대단히 심각하게 변했다.

이미 유전자 변형 마약만으로도 문제가 심각한 상황이다. 그런데 이런 무기까지 새롭게 등장했다니 머리부터 지끈거렸다.

"제가 생각했을 때는 아마도 필리다를 암살한 진범이 흑마법사일 것 같습니다. 제가 올리비아와 만난다는 걸 어떻게 알았는지는 몰라도 저를 죽여 일을 마무리 지으려던 것이겠지요. 저를 죽이려고 시도했던 일이 이번이 처음도 아니었고요."

정황증거만 가지고 생각하면 창준의 말이 일리가 있다. 하나, 아직 결정적인 증거는 없었다.

한숨을 푹 쉰 리처드가 말했다.

"호텔을 마련하겠소. 그리고 그쪽으로 필리다 워커 암살 사건과 이번 일에 대해 진술을 받을 사람을 보내도록 하겠소."

"고맙네요. 그렇지 않아도 좀 피곤했었는데."

리처드가 손짓을 하자 옆에서 듣고 있던 요원 하나가 다가와 창준을 데리고 떠났다.

리처드는 올리비아를 보며 무거운 목소리로 말했다.

"너는 나를 따라와라."

"…네, 아버지."

올리비아는 리처드의 목소리에서 큰 분노와 실망을 느꼈다. 그렇기에 아무런 말도 하지 않고 리처드를 따라 걸어갔다.

CHAPTER
06

마법사가 세상에 드러나다

ALCHEMIST

집무실로 돌아온 리처드는 의자에 털썩 앉으며 말했다.

"앉아라."

올리비아는 아무런 말도 하지 않고 맞은편 의자에 앉았다.

아무런 대화도 없었다. 리처드는 잔뜩 찌푸려진 얼굴로 눈을 감고 의자에 몸을 묻고 있었고, 올리비아는 시선을 떨어뜨리고 가만히 앉아 있었다.

얼마간의 침묵이 지나고 리처드가 입을 열었다.

"얘기를 해봐라."

"…창준은 우리가 가진 증거가 모두 조작된……"

"그것 말고. 먼저 해야 할 얘기가 있지 않나? 왜 창준을 혼자 만나러 갔는지, 보고는 왜 하지 않았는지부터 얘기를 해야지."

"…어쩔 수 없었어요. 모든 사람이 확고하게 창준이 범인이라고 생각하고 있는 상황에서 보고를 하면 그를 잡으려고 했을 테니까요. 그러면 창준과 겨우 이어지고 있는 신뢰마저 깨질 거라 생각하고……."

쾅!

리처드는 붉게 달아오른 얼굴로 책상을 치며 벌떡 일어나 소리쳤다.

"그게 말이 된다고 생각하나?"

"하지만 아버지, 저도 어쩔 수……."

"어쩔 수 없어? 말이 된다고 생각해? 너는 분명히 보고를 해야 했어! 아무리 원하지 않는 방향으로 결론이 지어진다고 하더라도 네가 보고를 하는 건 선택사항이 아니었다고! 보고를 하고 네가 원하는 방향으로 이어지도록 증거를 대고 설득을 했어야지! 이렇게 행동하면 명령체계는 왜 있으며 보고체계는 왜 있는 건가?"

"그건……."

"여기는 네 마음대로 할 수 있는 곳이 아니야! 네가 어떻게 행동하는가에 따라 큰 문제가 발생할 수 있는 곳이란 말이다!

봐라! 오늘 사상자가 몇 명이나 나왔는지 네 눈으로 보라고!"

불같이 화를 내며 소리치는 리처드의 모습에 올리비아는 아무런 말도 하지 못했다.

"최소한 네가 보고를 하고 둘이 먼저 얘기를 하기 위해서 시간을 달라고 했어도 된다. 그랬으면 만약을 대비하여 요원을 배치했겠지. 그랬다면 오늘과 같은 사상자가 나왔을까? 요원이 죽더라도 시민이 다치는 일은 없었겠지. 이게 오늘 네가 벌인 일이란 말이다!"

"……."

올리비아는 아무런 말도 하지 못했다.

'정말… 내가 잘못 생각했던 건가?'

자신이 하는 일에 대해서 확신이 있었다. 창준이 음모에 휘말렸고 그걸 벗겨주려고 했다. 그런데 결과는 예상치 못하게 일어났다.

정말 리처드의 말처럼 정식으로 보고를 하고 일을 처리했다면 이런 일이 벌어지지 않았을지 모른다는 생각을 하니 오늘 일어난 모든 일이 자신 때문인 것 같다는 느낌마저 들었다.

리처드는 고개를 숙이고 있는 올리비아를 노려보다가 다시 의자에 앉았다.

"네가 했어야 할 보고를 해봐라."

"…창준의 비서이자 사업 파트너인 케이트가 아직 미국대사관에 있다는 정보를 얻었어요. 그래서 그녀와 만나고……."

올리비아는 지금까지 있었던 일들을 모두 말하기 시작했다. 케이트를 만난 것부터 창준을 만난 것까지 전부를 말이다. 이미 더 이상 숨길 이야기도 없었다.

올리비아의 얘기를 모두 들은 리처드는 가만히 생각했다.

'그러면 누군가 올리비아의 집무실을 도청했다는 말인데… 내부의 적이라는 말인가?'

확실하지는 않다. 어쩌면 CIA와 같은 타국 정보국에서 도청을 했을 수도 있으니까. 이것에 대해서는 믿을 수 있는 요원을 붙여야겠다고 생각하며 물었다.

"우리가 가진 정보가 조작되었고, 조작된 정보는 그가 다시 복원할 수 있다?"

"창준의 말에 따르면 그래요."

어디서부터 어디까지 믿어야 하는지 감이 잡히지 않았다.

지금까지 현장 기억 복원 마법은 조작이 불가능하다는 게 정설이었다. 그렇기에 혹시 창준이 거짓말을 한 건 아닌지 의심부터 생겼다.

'아니야. 여기서 거짓말을 하느니 도주를 했겠지. 지금도 호텔에서 가만히 머물고 있지 않은가. 그러면… 정말 현장 기억 복원 마법을 조작할 수 있다는 말인가?

현장 기억 복원 마법은 이번에만 사용했던 것이 아니다. 이 마법이 만들어진 이후, 모호한 사건이 벌어지면 적극적으로 사용하여 범인을 찾았었다. 절대로 조작할 수 없다고 믿었으니까.

그런데 그게 사실이 아니라면…….

'지금까지 이 마법으로 증명되어 처리된 사람들 중에 무고한 사람이 있었다는…….'

가정을 하면서도 눈앞이 캄캄하게 변했다. 이전 사건들까지 모두 재조사를 해야 할 상황이었다.

일이 많아졌다는 게 문제가 아니다. 이건 결국 MI5가, 아니 모든 마법사들이 누군가에 의해서 놀아났다고 말할 수도 있는 엄청난 사건이다.

심지어 배후에 흑마법사가 있을 수도 있다. 오늘 일어난 사건만 보더라도 리처드의 생각이 과장된 게 아니라는 걸 증명하고 있었다.

암담한 마음에 깊은 한숨을 내쉰 리처드는 일단 창준을 통해 정말 현장 기억 복원 마법이 조작 가능한 것인지 확인하기로 결정했다.

조작이 가능하다는 게 드러나면 창준은 혐의를 벗겠고, 앞으로 이 마법을 신뢰하지 못하게 될 것이다. 그렇지만 창준이 거짓을 말했을 가능성은 배제하지 않았다.

'일단 그를 불러야 하나?'

그를 부르는 건 어렵지 않다. 그렇지만 꽤 자존심이 상하는 일이다. 본국의 힘으로 처리할 수 없어 외부의 사람을 부르는 거니까.

리처드는 결론을 내기 전에 말없이 앉아 있는 올리비아를 보고 말했다.

"이번 일은 그냥 넘어갈 수 없다."

"예상… 했어요."

"이번 일이 끝나면 사임하도록 해라."

올리비아는 리처드의 말에 고개를 번쩍 들었다가 이내 입술을 깨물며 고개를 끄덕였다.

"알… 겠어요."

"더 할 얘기가 없으면 나가 보거라."

자리에서 일어선 올리비아는 집무실에서 나가려다가 리처드를 향해 돌아섰다.

"하나만 묻고 싶어요. 이제 저희들도 사회 전면에 나서는 건가요?"

"선택의 여지가 있을까? 오늘 벌어진 일은 수습할 수준을 넘어섰다. 죽은 사람들도 그렇지만 원거리에서 촬영된 영상까지 거의 생방송 수준으로 인터넷에 공개돼 버렸어."

"그러면 모든 걸 밝히는 건가요?"

"그렇지는 않고, 마법사는 모두 MI5와 MI6에 소속되어 활동한다고 발표할 거다."

마법협회는 정면 돌파를 선택했다. 감출 수준을 벗어났으니 이 방법밖에 없었다.

*   *   *

"젠장, 젠장!"

자신의 집무실에서 욕을 잔뜩 늘어놓으며 분을 참지 못해 방방 뛰고 있는 건 다름 아닌 제프리였다.

'이놈들이 실패했다고? 복종의 씨앗이 발아했는데도? 그게 말이 되냐고!'

차마 소리를 지르지는 못하고 허공에 주먹질을 하는 제프리였다.

워털루 스테이션에서 벌어진 일은 아직 방송을 타기 전이었다. 하지만 MI6에 있는 제프리였기에 어떻게 되었는지 알아보는 건 어렵지 않은 일이었다.

그리고 자신이 보낸 사람들이 실패했다는 걸 알게 된 순간 분노를 참을 수 없었다.

그렇게 거의 10여 분 동안 분노를 토해낸 제프리는 마음을 진정시키며 보고서를 집어 들었다. 결과만 읽어봤기에 정확한 내용을 파악하려는 것이었다.

보고서의 내용에 따르면 창준과 만나던 올리비아가 먼저 암살자를 발견했다고 한다.

'부잣집 아가씨의 치기 어린 장난질로 정보국에 나오는 줄 알았는데… 설마 진짜로 능력이 있어서 그 위치에 오른 거였나?'

올리비아를 인정하지 않는 가장 큰 이유는 그녀가 브리스톨 가문의 핏줄이라는 점 때문이었다. 가문의 힘으로 국가 요직에서 소꿉장난을 치고 있다고 생각했었다.

그런데 보고서의 내용에 따르면 올리비아는 그렇게 치부할 사람이 아니었다.

암살자가 습격을 시작하기 전에 파악한 것을 시작으로 흑마법을 드러낸 이후 3명을 상대로 전투를 벌였다고 적혀 있었다.

자신이 보낸 사람이기에 그들 3명이면 어지간한 4서클 마법사는 순식간에 처리할 수 있다고 장담할 수 있었다. 그런데 그들과 싸우고 큰 상처가 없다는 말은 올리비아가 그들을 압도했다는 말과 같았다.

'전투 마법사라던가? 최소 그 수준이거나 5서클 마법사라고 봐야겠지.'

날카로운 눈으로 올리비아에 관한 정보를 따로 머릿속에 보관하며 보고서를 계속 읽었다.

MI5에서는 정확한 이름을 모르지만, 복종의 씨앗이 발아하여 변이한 실험체가 3서클 마법사와 4서클 마법사들을 손쉽게 처리했다는 내용을 보고는 고개를 끄덕였다.

그의 생각으로는 최소 5서클 마법사가 되어야만 실험체와 싸울 수준이라고 할 수 있으니까. 그것도 싸울 수준이라는 말이지 혼자 실험체를 감당하지는 못할 거라고 생각했다.

그리고 결국 창준이 실험체를 처리했다고 적혀 있었다.

보고서 어디에도 마법에 대한 내용은 들어 있지 않았고 실험체에 대해서도 정확히 지칭하지 않은 모호한 보고서였으나 제프리는 대충 알아볼 수 있었다.

'그렇다면 창준이라는 놈이 5서클 마법사라는 말인가?'

창준이 5서클 마법사고 그의 뒤를 3, 4서클 마법사가 보조했으면 실험체를 쓰러뜨릴 가능성은 생긴다.

충분한 전력을 보냈다고 생각했는데 올리비아의 빠른 판단과 5서클에 도달한 창준의 실력이 이번 일을 말아먹고 말았다고 결론을 지었다.

'빌어먹을 년……. 일을 완전히 망쳐놨어!'

제프리의 분노가 올리비아에게 향했다. 그녀만 아니었어도 창준을 처리할 수 있었을 거라는 생각이 들었다.

머리를 차갑게 만든 제프리는 깊게 생각에 빠졌다. 작전 실패에 대해서 누군가를 원망하고 있을 시간이 없었다. 처음부터 일을 맡지 않았으면 모를까, 일을 받아서 실패한다면 밀러 회장이 가만히 있지 않을 것이다.

'마스터 역시······.'

밀러 회장이 두렵지는 않지만 마스터는 두려웠다. 그리고 마음속 깊이 그를 존경하고 있었다. 그렇기에 마스터를 실망시키고 싶지가 않았다.

그때, 핸드폰이 울렸고 번호를 확인한 제프리의 얼굴이 와락 일그러졌다.

'밀러 회장······.'

일을 수습하기 전까지는 통화하고 싶지 않았는데, 그가 먼저 연락을 해버렸다. 받지 않을까 생각도 했으나 결국 그의 손가락은 통화 버튼을 누르고 있었다.

─런던에서 화끈하게 일을 벌였더군.

"어떻게 알았지? 아직 방송을 타지는 않았을 텐데······."

─런던이 자네 구역이기는 하지만 소식조차 모를 정도는 아니지.

제프리의 얼굴이 굳었다.

'끄나풀이 있다는 말인가?'

기분이 그리 좋지는 않았다. 짐작은 하고 있었으나 직접적으로 말하는 걸 들으니 생각보다 더 기분이 나빴다. 마치 감시를 당하는 느낌이었다.

"날 감시하고 있었던 건 아니겠지?"

─후후! 자네를 감시할 필요는 없지. 기분 나빴다면 이해해 주게. 자네를 만나기 전부터 이어져 있던 인맥이라고.

"그렇다면 어쩔 수 없겠지만……."

─딱히 인맥까지 필요한 일도 아니기는 했어. 인터넷에서 거의 생방송으로 보여주더군. 결말까지는 모르지만 할리우드 액션 영화를 보는 줄 알았어. 이렇게 크게 일을 벌였으니 당연히 그놈을 처리했겠지?

들리지 않게 한숨을 토해낸 제프리가 인상을 썼다.

"미안하지만 아직 살아 있더군."

─…살아 있다고?

"나도 이번에는 끝장을 낼 수 있을 거라고 생각했어. 자네가 준 복종의 씨앗을 복용한 수하들을 보냈으니까. 그런데… 아직 자세한 내용은 모르지만 오히려 복종의 씨앗이 발아한 실험체가 당했다고 하더군."

수화기에서는 한동안 아무런 대답도 들려오지 않았다. 그에 따라 제프리의 얼굴이 점점 더 굳어갔다.

"듣고 있나?"

─…이거 꽤나 실망스럽군.

"흥! 자네가 실망하는 건 상관없어."

—당연하겠지. 하지만 마스터마저도 주목하는 일이었어. 마스터를 실망시키려는 셈인가?

제프리는 밀러 회장의 말에 한동안 대답을 하지 못했다. 그들의 뿌리는 마스터였다. 마스터를 실망시킨다는 건 상상할 수 없는 일이기도 했다.

"…창준은 곧 죽어."

—어떻게? 교회에 가서 죽어달라고 기도라도 할 셈인가?

"내가 직접 나서서 처리할 거다."

—직접? 그러면 네 정체가 발각될 가능성이 높은데?

"어차피 합류할 시기가 거의 다 오지 않았나? 창준이라는 놈을 죽이고 합류하도록 하지."

—…알겠네. 하지만 알아두게. 이번이 마지막이라는 걸.

신경질적으로 전화를 끊은 제프리는 창준을 떠올리며 살기를 피웠다.

*　　*　　*

런던에서 시작된 이슈는 전 세계를 강타했고 사람들은 지금 이것이 사실인지 거짓인지 알 수 없는 내용에 당황했다.

마법사가 실제로 존재한다.

인터넷에서 라이브 스트리밍으로 올라온 몇 개의 영상은 조회수가 수천만을 돌파해 수억 명이 시청했다.

원거리에서 촬영하여 동영상에 나온 사람들의 얼굴이 보이지는 않았으나 마법을 사용하는 사람들, 그리고 그들과 싸우는 괴물의 영상이었다.

반응은 당연히 폭발적이었다. 그리고 폭발적이었던 만큼 여러 가지 반응들이 튀어나왔다.

진짜인지 아니면 가짜인지 온갖 설전이 펼쳐질 때, 결정적으로 폐허가 되어버린 워털루 스테이션과 쉘 센터 전경이 나오자 사람들의 반응은 점점 믿는 쪽으로 쏠리기 시작했다.

인터넷에서만 난리가 난 것은 아니었다.

전 세계 거의 모든 나라에서 이번 일에 기자를 파견하고 마법사와 괴물이 싸우는 동영상과 폐허가 된 장면을 교차로 보여주어 문제는 일파만파 커지기만 했다.

이런 난리가 벌어지는 가운데 영국 정부는 아무런 대답을 하지 않았다. 기자들이 온갖 방법을 동원해도 묵묵부답이었다.

영국 정부의 반응은 하루가 지난 다음 날이 되어서야 발표되었다. 사건의 심각성을 깨달았는지 영국 수상이 직접 기자들을 모아 기자회견을 벌인 것이다.

딱딱하게 굳은 수상이 단상에 올라 묵직한 어조로 말을 꺼냈다.

"이번 워털루 스테이션에서 일어난 일 때문에 많은 얘기가 나오는 걸 알고 있습니다. 숨길 수 있는 일도 아니고 저희 정부의 입장을 정확히 밝히기 위해서 이 자리에 섰습니다. 먼저 핵심을 얘기하자면……."

수상은 말을 잠시 멈추고 자신을 주목하고 있는 기자들에게 시선을 한 번 던지고는 입을 열었다.

"동영상에 나온 것은 전부 사실입니다."

라이브로 전 세계에 방영되는 뉴스를 보고 있는 시청자들은 큰 충격을 받았다. 잘 만들어진 페이크 무비라 예상했던 사람들은 더더욱 충격이었다.

신문사 기자들이 타이핑하는 소리가 기자회견장에서 요란하게 울리고 수상을 향해 사진기의 플래시가 쏟아졌다.

수상의 발언을 계속 이어졌으나 속보로 먼저 전 세계에 타진되었다.

―마법사는 존재한다.

수상은 말을 이어갔다. 그가 발표한 내용을 정리하면 다음과 같았다.

마법사는 과거부터 존재했었다.

지금은 MI5와 MI6에 속해 있다. 마법사들이 첩보에 이용된 적은 없었고, 마법사는 이번 동영상에서 나온 것처럼 과학적으로 설명할 수 없는 일에만 비밀리에 움직였다. 마법사는 두려워해야 할 존재가 아니다. 그들은 오히려 자신의 능력을 숨기고 세상의 이면에서 헌신을 하는 고마운 존재다.

수상의 발표가 끝나자 기자들이 득달같이 손을 들었고, 수상이 가장 앞에 있는 기자를 지목하자 지목당한 기자가 자리에서 일어나 말했다.

"마법사는 모두 몇 명이나 있습니까?"

"기밀이라 밝힐 수 없습니다."

"동영상의 괴물은 어디서 온 겁니까?"

"저희도 조사 중에 있습니다."

"MI5나 MI6에 소속되지 않은 마법사들도 있습니까?"

기자들의 질문은 끝없이 이어질 것 같았고, 질문을 하기 위해서 자리에서 일어나 맹렬히 손을 흔들기 바빴다.

수상의 기자회견이 생중계로 방송되고 있는 라이브 스트리밍에서도 사람들이 온갖 얘기를 늘어놓으며 떠들기 바빴다.

─우리 영국에 마법사가 있어!

  ㄴ 너 지금 좋아하고 있는 거냐? 정신이 있는 거야, 없는

거야?

ㄴ너희 영국에 괴물도 있거든.

—마법사가 진짜 있다고 좋아하는 개념 없는 놈들은 자살 좀 했으면 좋겠어. 마법이 언제부터 있었는지 모르지만 지금까지 우리를 속이고 있었다고.

—나도 마법을 배우고 싶은데, 영국 어디로 유학가면 되냐?

—모두 외쳐! 익스펙토 페트로눔!

영어로 떠드는 채팅창은 빠르게 페이지가 바뀌고 있었다. 마법사가 실제로 존재한다는 사실에 흥분하는 사람들도 있었고 지금까지 진실을 감추고 있던 영국 정부를 비판하는 사람도 있었다.

물론 전혀 상관없이 헛소리를 늘어놓은 사람도 많았다.

—그래, 알았어. 마법사가 존재하고 그걸 숨기고 있었다는 것도 이해할게. 마법을 사용할 수 있는 제임스본드가 있다고 생각하면 되니까. 그런데 저 괴물은 뭔데?

—나도 그게 걱정이야. 이번에는 겉으로 드러난 일이지만, 지금까지 우리가 알지도 못했던 저런 괴물이 있었다는 말이잖아.

―걱정하지 마. 저건 영국에서만 서식하는 동물이거든.

ㄴ,이런 뇌에 주름도 없는 놈들은 대체 어디서 살고 있는 동물이냐?

ㄴ,영국에서만 서식하는지, 우리는 모르는 사이에 전 세계에 퍼져 있는지 모르는 일이란다. 아침에 출근하려고 하는데 저런 괴물이 너희 집 앞마당에 나타날지 모르는 일이란 말이야.

―북한에서 유전자를 조작해서 만든 괴물은 아닐까?

ㄴ,북한이 그 정도 과학기술이 있었으면 이미 세계를 통째로 집어삼켰을걸.

―쉿! 그들의 이름을 부르면 안 돼.

ㄴ,볼드모트냐?

온갖 추측이 난무하고 헛소리도 끊임없이 튀어나왔다. 사람들의 반응을 합쳐 보면 대략 세 부류로 나눌 수 있었다.

마법사가 존재한다는 것에 환영을 표하는 무리가 약 50퍼센트, 괴물에 대한 우려를 보이는 사람들이 약 40퍼센트, 헛소리를 하는 사람들이 10퍼센트였다.

사람들이 마치 토론을 하는 것처럼 의견을 제시하는 가운데 거의 모든 사람의 환영을 받는 말도 있었다.

―야! 마법사가 있다는 말은 바로 그거잖아.

─그게 뭔데? 어설프게 헛소리하면 너희 집에 찾아가 엉덩이를 걷어차 버릴 거다. 지금 너 말고도 여기 미친놈들 많거든.

─모르겠냐? 퀴디치! 퀴디치 경기를 실제로 만들 수 있다고!

└하여튼 이런 놈들은 감옥에 보내는 게 세상을 더 밝게 만드는 일인 것 같아.

└어! 그건 좀 멋진 것 같은데…….

└나도 동의. 근데 여성부와 남성부를 따로 만들어야 되나? 원작에서는 같이 뛰잖아.

└여자와 남자는 따로 경기를 만들어야지. 여자는 남자보다 근력도 판단력도 떨어지잖아.

└위에 새끼 최소한 여성혐오자.

└중세시대에서 타임머신 타고 날아왔냐? 퀴디치에 여자와 남자를 왜 구분해?

└이런 놈들이 꼭 범죄를 일으키지.

└천잰데? 내가 죽기 전에 퀴디치를 실제로 볼 수 있을지도…….

채팅창에서는 온갖 헛소리부터 여자와 남자의 전쟁까지 여러 가지 모습을 보여주고 있었다.

사람들의 반응이 생각보다 긍정적이란 사실이 놀랍기도
했다.

*　　　*　　　*

런던 템즈 강 북쪽 브레센델 플레이스 옆에는 '호텔41'이
란 특이한 이름의 호텔이 있다. 너무 독특한 이름에 흔해 빠
진 호텔이 아닌가 생각하겠지만, 사실 이곳은 오성급 호텔로
영국 호텔 중 가장 훌륭한 호텔로 선정되기도 했던 곳이다.

객실이 겨우 30개밖에 되지 않지만 다른 호텔에서는 상상
도 할 수 없는 훌륭한 서비스를 제공하여 호텔 투숙객들에게
최고의 만족감을 선사하는 곳이기도 했다.

창준이 머물게 된 곳이 바로 이곳이었다.

MI5에서 이곳에 창준이 머물도록 만든 건 당연히 객실이
30개밖에 없다는 이유 때문이었다. 다른 투숙객들에게 양해
를 구하고 고급 호텔을 무료로 제공해 주면서까지 하며 모두
이동을 시키고 이 호텔을 완전히 임대해 버렸다.

어쩔 수 없었다. 만약 창준과 싸우기라도 한다면 완전히 재
앙이 될 것이 뻔했으니 말이다.

창준이 머물고 있는 방문 앞에서는 두 명의 요원이 감시하
고 있었다. 이 요원들은 당연히 마법사였고 무려 5서클에 달

한 마법사들이었다. 4서클 이하는 창준에게 무의미할 거라 생각한 것이다.

"호텔에서 나가지 말아주셨으면 한다고 국장님이 전하셨습니다."

"잠깐 앞에 나가는 건 괜찮지 않나요? 바로 앞에 로열뮤스(Royal Mews)가 있잖아요. 구경하고 싶은데."

로열뮤스는 영국 왕실 마구간으로 왕실에서 사용하는 마차와 자동차가 보관된 곳이고 관광객들이 자주 찾는 명소 중에 하나였다.

"안 됩니다."

요원은 딱딱하게 말했다.

아무래도 영국 여왕이 탔다는 번쩍거리는 황금 마차는 모든 일이 끝난 이후에나 구경할 수 있을 것 같았다.

요원이 외출을 거절한 이후로 호텔41에 투숙하게 된 창준은 딱히 외부로 나가려고 하지는 않았다.

억지로 나가려고 한다면 어떻게 막겠냐만은 어차피 움직이면 MI5가 민감하게 나올 게 뻔했고, 굳이 그들을 자극할 이유도 없었으며 좀 쉬고 싶기도 했었다.

홀로 화려한 객실에 남은 창준은 가장 먼저 케이트에게 전화를 했다.

─알스? 당신인가요?

"맞아요. 어떻게 알았어요?"

—이 전화기로 전화를 하는 사람은 몇 명 없어요. 특히 모르는 전화번호는 알스가 유일하고요. 그보다 괜찮아요? 런던에서 큰 문제가 일어난 것 같던데……. 알스와 관련된 일이죠?

"큰 문제는 아니고 몇 가지 일은 있었네요. 아마 조금만 시간이 있으면 모든 일을 바로잡을 수 있을 거예요."

—설명을 좀 해주세요.

어려운 일도 아니었으니 창준은 올리비아와 만나서 했던 얘기들부터 의문의 습격까지 모두 설명을 했다. 케이트가 놀라는 걸 바라지 않아서 몇 번 괴물에게 맞았다는 얘기는 하지 않았다.

그렇지만 이미 총격전을 벌였다는 순간부터 케이트가 놀랐으니 의미가 없기는 했다.

—그러면 지금은 호텔41에 머물고 있다는 말이죠?

"네, 맞아요. 그러니까 걱정하지 말고… 잠깐! 혹시 여기로 찾아올 생각은 아니겠죠?"

혹시나 물어본 말에 케이트가 대답을 하지 않았다. 진짜로 여기로 올 생각이었던 것 같았다.

"케이트, 이번 일이 끝나기 전까지는 계속 대사관에 있어요. 아직 일이 어떻게 될지 모르잖아요."

아직 MI5와 의사 타협이 끝난 건 아니었다. 만약 문제가 생기면 케이트까지 보호하기 힘들지 몰랐다.

케이트가 미국대사관에 있는 이상 MI5가 그녀에게 문제를 일으킬 확률은 상당히 낮았다. 그러니 지금은 그녀가 계속 미국대사관에 있는 게 맞았다.

─…제가 짐이 될 것 같아서 그런가요?

"그런 건 아니고요. 단지 케이트가 안전하게 있었으면 좋겠다는 마음이에요."

달래는 말투로 대답을 하던 창준은 문득 그녀가 보고 싶다고 투정을 부리는 건 아닌가 하는 생각이 들었다.

언제나 차가운 모습과 이성적인 모습을 보여주던 케이트였다. 그러니 그녀가 이렇게 평범한 여자나 보일 듯한 행동을 해 대단히 즐거웠다.

"내가 보고 싶어서 그래요?"

─아닙니다.

냉정하게 창준의 말을 부정하는 케이트였으나 창준은 지금 전화를 받고 있는 케이트의 얼굴이 슬쩍 붉게 물들어 있는 게 보이는 것 같았다.

창준은 키득거리는 소리가 케이트에게 들리지 않게 신경 쓰며 슬그머니 말했다.

"난 케이트가 보고 싶은데… 케이트는 별로 그렇지 않은 것 같네요."

―그런 것 아닙니다. 저도… 저도…….

"뭐라고요? 잘 안 들려요."

―저도… 보고… 싶습니다…….

"뭐라고 하는지 모르겠어요. 전화가 끊긴 건 아니죠?"

―저도 보고 싶습니다!

"잘 안 들리는데요?"

크게 말했는데도 창준이 이렇게 나오자 그가 장난친 걸 알아챘는지 잠시 수화기에서는 아무런 소리도 들리지 않았다.

"장난친 것뿐인데, 설마 화난 건 아니죠?"

―알스는… 너무 짓궂습니다.

투정부리듯이 말하는 케이트가 너무나 사랑스러웠다.

웃으며 잠시 얘기를 나눈 창준은 다음에 또 전화하겠다고 말하고 전화를 끊었다. 그의 입가에는 여전히 기분 좋은 미소가 진하게 남아 있었다.

그런데 바로 그때, 이질적인 감각이 느껴졌다. 이건 그가 있는 방을 마나가 가득 채우는 듯한 이상한 감각이었다.

누명을 쓰기도 하고 어설픈 흑마법사와 싸우기도 했으며 괴물까지 만난 창준은 급히 뒤를 돌아봤다.

"내가 놀라게 했나? 나갔다고 하기에 인사라도 하려고 들렀지."

창준의 눈에 소파에 편히 앉아 웃고 있는 주강이 보였다.

CHAPTER
07

누명에서 벗어나다

ALCHEMIST

"자네도 앉게."

천연덕스럽게 자기가 이 객실의 주인인 양 말하는 주강의 모습에 창준은 어처구니없다는 듯 웃으며 맞은편에 앉았다.

"어떻게 들어왔어요? 입구에 MI5 요원이 대기하고 있는데. 비행기에서처럼 재우고 들어온 건가요?"

"에이, 저들을 재우면 그 후에 자네가 곤란하게 될걸? 저들을 재우고 무슨 짓이라도 했는지 알겠지. 그런 곤란함을 자네가 겪도록 만들면 되겠나."

"그러면요?"

"그냥 조용히 들어왔지. 그리고 혹시나 우리가 얘기하는 걸 들킬까 싶어 약간 잔재주도 부려놨고."

"잔재주? 아… 객실에 가득 찬 이 마나는 주 대인이 만든 거였군요. 이게 무슨 일을 하는 건데요?"

"별건 아니고, 여기서 우리가 하는 얘기가 밖으로 흘러나가지 않는 효과가 있지."

"그런 것도 돼요? 이것 참. 마법은 제가 배웠는데 주 대인을 보면 마치 주 대인이 마법사인 것 같아요. 비행기에서 사라진 것도 그렇고……."

창준이 감탄하며 말하자 주강은 별것 아니라는 것처럼 손을 휘휘 저었다.

"잔재주일 뿐이라니까. 그것보다 런던에서 일어난 일은 재미있게 봤네. 별 이상한 괴물하고 싸웠더군."

"주 대인도 인터넷으로 봤나요?"

"난 컴퓨터 할 줄 몰라. 당연히 안전 가옥에 있던 우리 측 요원이 마련한 자료를 봤지. 애들이 정리를 잘해놨더라고."

하긴 주강이 컴퓨터 앞에 앉아서 인터넷을 하는 모습은 잘 그려지지도 않았다.

"어땠나?"

"뭐가 말입니까?"

"그 괴물 말일세. 영상으로 보면 꽤나 듬직하게 보이던데.

뼈대도 그리 튼튼하던가?"

"듬직이요? 그 정도를 듬직하다고 하나요?"

"좀 이상한가? 아무튼 어떻던가?"

주강은 정말 궁금한지 어울리지 않게 눈을 반짝거리며 물어왔다. 그의 반응을 보니 자신이 한 번 싸워보고 싶은 마음이 절로 느껴질 정도였다.

"강하기로 말하면 대단했어요. 유전자 변형 마약을 먹고 변이한 사람들보다 몇 배는 강한 것 같았으니까요. 재미있는 건 마법을 사용할 수 있더군요."

"마법을? 그 괴물이?"

"아마도 마법을 사용하던 놈들을 기초로 변이했기 때문인 것 같았어요. 뭐… 정확하지는 않지만요."

"이것 참 부럽군. 재미있는 경험이었겠어. 근데 아무래도 마법사가 변이한 거라면 별로 만날 기회가 없을 가능성이 높겠군."

주강의 말에 창준은 마음속으로 부정했다.

정확하게 분석한 건 아니지만, 그때 본 것으로 추측하자면 마법을 사용할 수 없는 사람에게 흑마법사가 만든 특수한 어떤 것을 먹이면 흑마법을 한 가지 사용할 수 있는 것 같았다.

그 말은 흑마법사가 얼마든지 이런 양산형 흑마법사를 만들 수 있다는 뜻이고, 양산형 흑마법사가 죽을 위기가 오면 변이를 한다는 뜻이었으니까.

"이제 어떻게 할 생각인가? 보아하니 안전 가옥으로 다시 돌아올 것 같지는 않고, 너무 경비가 느슨한 걸 보면 여기에서 감금을 당하는 것 같지도 않은데 말이야."

"아직은 몰라요. 제가 범인이 아니라는 걸 증명할 수 있다고 던져놨는데, 그걸 무시하고 저를 잡으려고 하면 또 그쪽으로 갈지도……."

"그런가? 도움이 필요하면 얘기하게. 정면으로 이곳에서 한바탕할 수는 없지만, 뒤에서 자네를 도와주는 건 어렵지 않을 거야."

"말씀만으로도 고맙네요."

정말 주강에게 너무 많은 빚을 지는 기분이었다. 이걸 유전자 변형 마약 해독약을 싸게 제공하는 걸로 끝내기에는 조금 미안했다.

'한국으로 돌아가면 중국에는 무료로 주자고 말해봐야겠어.'

이런 얘기를 한다면 국정원에서는 불편하게 생각할 가능성이 높았다. 하지만 영국에서 도움이 필요할 때 직접적이지는 않지만 많은 배려를 해준 걸 얘기하면 마지못해서라도 받아들일 거라고 생각했다. 어차피 해독약을 만드는 사람은 자신이 아니던가.

슬슬 돌아가려는 모양인지 자리에서 일어서던 주강이 문득 생각났다는 듯 입을 열었다.

"아차! 그걸 얘기 안 하고 갈 뻔했네."

"뭐를요?"

"프랑스에서 페르낭 바넬이 영국으로 출발했다고 하더군."

"페르낭 바넬? 그게 누군데요?"

"자네 마법사라면서 그것도 모르고 있었나?"

깜짝 놀랐다는 듯 말하는 주강의 모습에 페르낭 바넬이란 사람이 엄청 유명한 사람이라는 건 알아챘다.

아는 척 해볼까 하다가 뭔가 속 보이는 짓 같아서 깔끔히 인정했다.

"네, 몰라요. 전 유럽에서 활동하는 마법사가 아니잖아요."

"아무리 그렇다고 하더라도… 마법사가 페르낭 바넬을 모르다니……."

"그러니까 누군데요?"

"우리라고 그에 대해서 정확하게 파악하고 있는 건 아니네만, 우리가 수집한 정보에 의하면 영국의 필리다 워커와 함께 유럽에서 가장 강력한 마법사… 라고 하더군."

창준의 눈이 살짝 커졌다.

'7서클 대마법사!'

어쩌면 더 높은 수준의 마법사일지 모른다. 필리다가 7서클이라고 했으니 같은 수준으로 생각하고 있을 뿐이다.

페르낭 바넬이라는 사람이 영국으로 오는 이유가 자신 때문이라는 건 충분히 짐작했다.

'나를 잡아놓든지 압박하려는 수단일까? 아니면… 단순히 내가 범인일 때를 고려한 보험용 카드일까?'

단순히 보험용이라면 존경할 만한 대마법사와 안면을 트는 정도로 넘어갈 수 있다. 하지만 자신을 잡으려고 한다면 조금 문제가 생긴다.

창준은 자신의 힘을 어느 정도 계산한 상태였다. 일단 5서클 이하는 엄청난 물량공세를 하지 않는 이상 자신을 상대할 수 없다. 최악의 경우라고 하더라도 도주가 가능하다.

6서클 마법사라고 상황이 크게 달라지는 건 아니다. 애초에 창준은 캐스팅 시간이 필요 없는 용언마법을 사용하고 있었고 육체적으로도 비교하는게 의미가 없을 정도로 엄청난 차이가 났으니까.

대신 숫자가 많아지면 버거워질 것 같았다. 물론 도주를 하려고 한다면 얼마든지 할 자신이 있었다.

하지만 7서클 대마법사와 싸운다면?

7서클 대마법사에 오르면 용언마법 수준은 아니어도 5서클 마법까지는 아주 빨리 사용할 수 있다. 숙련도에 따라와 거의 용언마법과 비슷한 속도가 나올 수도 있다.

6서클 마법을 자유자재로 사용하는 창준에 비하면 부족해 보일지 모르지만, 7서클 대마법사의 마나가 들어간 5서클 마법은 창준이라고 하더라도 우습게 볼 수 없었다.

'7서클 대마법사에 6서클 이하 마법사가 지원을 한다면… 도망치는 것도 쉬운 일이 아니다.'

잔뜩 얼굴을 찡그린 창준은 지금 도망치는 것이 괜한 리스크를 짊어지지 않는 건 아닌가 하고 진지하게 고민했다.

그걸 본 주강이 창주의 마음을 짐작했는지 피식 웃으며 말했다.

"일단 우리가 알아본 것에 의하면 자네를 당장 잡으려는 건 아닌 것 같더군."

"그래요? 확실한 얘기인가요?"

"본인이 그렇게 얘기를 하더군."

"본인이? 아는 사이예요?"

"아는 사이라고 해야 하나? 아무튼 나한테 거짓말은 안 했을 거야. 불안하면 페르낭이 오기 전에 도망가는 것도 좋겠지. 안전 가옥을 이용할 생각이라면 언제든 환영이니까."

창준이 잠시 고민하다가 페르낭 바넬에 대해서 더 물어보려고 생각하는데, 바로 앞에 있던 주강의 인기척이 사라지고 방을 가득 메우고 있던 마나도 사라졌다. 고개를 들어 보니 역시 주강이 사라져 있었다.

'나보다 더 마법사 같은 사람이네. 이 사람이랑 싸울 일이 생긴다면… 절대로 눈을 떼면 안 되겠어.'

될 수 있으면 주강과 싸우지 않았으면 싶었다. 지금까지 싸웠던 그 누구보다도 힘겨운 상대가 될 것 같았으니까 말이다.

주강이 떠난 다음 날 아침 일찍 창준은 자신을 찾아온 손님을 맞이해야 했다.

"생각보다 빨리 왔네요. 회의도 하고 어떻게 할 것인가 고민도 할 거라 생각했었는데."

문 앞에 서 있는 리처드를 보고 웃으며 말했다.

"지금 당신과 관련된 일은 영국에서 가장 중요한 일이오. 우리는 어떤 방향이든 빨리 일을 수습하기를 바라고 있고."

"그래요? 아! 그러면 혹시 수상님도 제 이름을 알고 있나요?"

"…당연히 알고 있소."

"이거 영광이네요. 그렇게 높으신 분이 제 이름을 알고 있다니."

웃으며 대수롭지 않게 말하고 있기는 하나 창준의 마음은 그리 편하지 않았다. 아무래도 영국이라는 나라의 대통령과 같은 지위에 있는 사람이 자신의 이름을 알고 있다는 건 별로 좋은 일은 아니었다.

"여기서 이렇게 얘기할 생각인가?"

"아! 들어오세요. 이 호텔에 투숙객은 저 혼자밖에 없으니 큰 상관이 있나 싶기는 하지만요."

리처드가 들어올 수 있도록 옆으로 비켜섰는데도 리처드는 안으로 들어오지 않고 말했다.

"한 사람 더 같이 들어가려고 하네."

"한 사람이고 두 사람이고 상관없습니다. 마음껏 들어오세요. 어차피 이 호텔비도 모두 MI5에서 내주는 거잖아요."

그러자 문 옆에 서 있어서 보이지 않았던 사람이 모습을 드러냈다.

180센티미터는 넘을 듯한 큰 키에 반백으로 물든 머리를 하고 누구라도 호감을 보일 듯한 외모를 가진 50대의 사내였다.

창준은 처음 보는 사람이었다. 하지만 이미 주강 덕분에 이 사람이 누군지 알고 있었다.

안으로 들어온 두 남자는 창준이 앉아 있는 맞은편에 앉았고 리처드는 페르낭 바넬를 소개하려고 했다.

"이쪽은 프랑스에서 특별히 초청한 분으로 성함은……."

"페르낭 바넬이시죠. 얘기는 많이 들었습니다."

창준의 말에 리처드는 놀랐고 페르낭은 눈빛이 슬쩍 빛

났다.

"나를 알고 있나?"

"직접 대면한 건 처음입니다. 얘기만 들었지요."

"흐음, 나를 알고 있는 사람을 만났다는 말인데…… 누구한테 나에 대해서 들었나? 아스란에게서 들었나?"

마치 아는 사람을 말하듯이 페르낭이 말했다.

"제 스승님을 알고 계십니까?"

"몇 번 얼굴은 봤었지."

여유 있는 모습으로 태연하게 말하는 페르낭의 태도에 아무것도 모르는 사람이라면 속아 넘어갈 것 같았다.

물론 창준은 절대 넘어갈 수 없었다. 그는 이미 아스란이 다른 차원에서 살았던 사람이라는 걸 알고 있으니 말이다.

이 세상에 발끝도 넘어오지 못한 아스란을 아는 사람인 양 말하는 페르낭의 모습에 창준은 진한 미소를 띠었다.

"배우를 하셔도 될 것 같습니다."

"응?"

"당신은 제 스승님을 모릅니다. 제가 그것도 모를 것 같습니까? 괜히 떠보려고 하시는 것 같은데 재미있네요."

페르낭은 창준의 눈을 지그시 바라봤다. 그리고 갑자기 크게 웃기 시작했다.

"하하하! 들켰나 보군. 이것 보게, 내가 안 통할 거라고 하지 않았나."

"그렇군요."

가만히 앉아 있던 리처드를 보며 하는 말에 리처드가 씁쓸한 미소를 지었다. 그리고 페르낭이 다시 말했다.

"미안하게 되었네. 사실 나는 이런 걸 잘 못해. 그런데 리처드가 부탁을 하더군. 그래서 안 하던 짓을 해봤는데 역시 안 먹히는군."

"그래요? 미스터 브리스톨은 보기보다 좀 음흉한 구석이 있네요."

"그럴 수밖에. 그는 MI5의 국장 아닌가. 제임스본드와 같은 사람들의 수장이니 당연히 음흉해야지."

페르낭의 분위기는 완전히 바뀌었다.

처음 방에 들어올 때는 뭔가 있는 듯한 분위기를 풍기고 노련한 요원의 모습처럼 보였다면, 지금 그가 보이는 모습은 마치 옆집 아저씨와 같았다.

처음 보였던 모습보다 지금이 더 편해 보이는 걸 보면 아무래도 지금 보이는 모습이 진짜 페르낭 바넬의 모습이라고 할수 있을 것 같았다.

세 사람은 본론으로 들어가기에 앞서 잠시 담소를 나눴다.

시답잖은 이야기부터 마법에 대한 심층적인 얘기까지 다

양한 소재를 가지고 얘기를 나누니 시간이 제법 잘 흘러갔다.

물론 이런 얘기를 하면서도 서로에 대해서 여러 가지로 분석을 하고 있었고, 그건 창준도 마찬가지였다.

리처드는 이미 전에 봤었고 크게 신경을 쓰지 않았다. 창준이 집중하고 있는 건 오로지 페르낭 바넬이었다.

페르낭 바넬은 필리다와 느낌이 달랐다.

창준은 필리다를 만났을 때 그녀가 바로 7서클에 올랐다는 걸 느낄 수 있었다. 하지만 페르낭에게서는 그런 느낌이 전혀 없었다. 미리 주강에게 얘기를 듣지 않았다면 그가 마법사라는 것도 느끼지 못했을 것 같았다.

그 이유는 간단했다.

마법의 단계는 서클로 구분되지만 같은 서클 안에서 명확히 구분을 나눈다. 서클에 오른 지 얼마 되지 않았으면 유저(User), 능숙한 수준에 오르면 엑스퍼트(Expert), 모든 마법에 대해 완전해지면 마스터(Master)가 된다.

아마도 필리다는 유저였거나 엑스퍼트이지만 자신의 마나를 숨기지 않은 수준이었을 것이다. 그리고 페르낭은 분명 마스터였다.

마스터라고 하더라도 바로 다음 서클로 오르는 건 아니다. 다음 서클로 오르는 벽은 평생이 걸려도 못 오르기도 한다. 당장 창준만 하더라도 7서클에 오르지 못해 답답해하고 있지 않던가.

'근데 이 사람 참 유쾌한 사람이네.'

방금 전에 자신을 속이려고 했었던 페르낭이지만, 그런 일은 까맣게 까먹었는지 자주 웃고 재미있는 얘기들을 하면서 분위기를 부드럽게 가져가고 있었다. 7서클 대마법사라고 전혀 느껴지지 않았다.

분명 그가 이곳에 온 이유가 만약을 대비해 자신을 제압할 수단을 갖추기 위한 리처드의 비장의 한 수였는데 말이다.

웃으며 얘기를 하던 페르낭은 창준을 부드러운 눈으로 보며 말했다.

"자네는 보면 볼수록 신기하군."

"동양인이 마법을 익히고 있어서요?"

"그게 뭐가 신기한가? 나는 오히려 비유럽인들에게 마법을 익힐 기회도 주지 않는 마법협회의 행태가 마음에 들지 않아. 재능 있는 사람에게는 당연히 배울 기회를 줘야 된다는 게 내 생각이거든."

사상도 다른 마법사와 꽤 차이가 나는 것 같았다.

"아무튼 그런 게 신기한 게 아니라, 자네의 몸이 신기하다는 거야."

"몸… 이요?"

"마법사는 마나라는 거대한 힘을 다루는 사람이지. 그런데 마나를 마법에만 사용하니 육체적 불균형이 오게 마련이거든. 근데 자네는 그런 불균형이 전혀 보이지 않아. 아마도 내가 예상을 하자면… 우리가 익힌 마법과 궤를 달리하는 마법을 익힌 것 같다고 할까?"

"하하! 그런가요?"

창준은 겉으로 웃으며 말했지만 사실 속마음은 소스라치게 놀란 수준이었다.

마법사가 다른 마법사의 상태를 확인하는 일은 단순히 눈대중으로 되는 것이 아니다. 상태를 알아보는 마법을 사용해야 정확하게 볼 수 있다.

물론 마법사끼리 동의를 구하지 않고 상태를 확인하는 건 대단한 실례다. 거의 선전포고 수준이라고 보면 된다.

근데 페르낭은 이런 과정도 없이 그저 창준을 지켜본 것만으로 이런 예측을 하고 있는 것이다.

'설마… 리처드가 말해준 건가?'

그럴 수 있다. 문제가 일어나면 가장 앞장서서 싸울 사람이 바로 페르낭이었으니까.

페르낭이 자신을 살펴보는 눈이 조금 거북해진다 싶은 그때, 리처드가 나섰다.

"담소는 차후에 얼마든지 나눌 수 있으니 지금은 중요한 걸 먼저 해야겠습니다."

"아! 내가 주책이었군."

리처드는 페르낭의 얘기에 대답을 하지 않고 가져왔던 가방에서 수정구를 꺼내 탁자에 올렸다.

"이게 자네가 유력한 용의자로 지목된 이유일세."

리처드가 수정구에 마나를 주입하자 필리다가 암살당하는 장면이 흘러나왔다. 페르낭은 그걸 처음 보는지 필리다가 죽는 모습을 보며 미간을 찌푸렸다.

"쯧쯧… 이 할망구가 이렇게 허무하게 가는군. 이제 영국에 오면 누구하고 얘기를 나누나……."

쓸쓸하게 말하는 페르낭의 표정은 매우 슬퍼 보였다. 그는 필리다와 돈독한 사이를 유지하고 있었던 것 같았다.

필리다가 암살당하는 장면은 창준도 처음 보는 것이었다. 비록 한 번 만났던 사람이지만 안면이 있는 사람이 죽는 모습은 불편했다. 다행인 점이라면 마법을 배우면서 그의 의지가 강해져 이걸 보면서도 패닉에 빠지지는 않았다는 것 정도였다.

영상이 끝나자 리처드가 딱딱하게 굳은 얼굴로 물었다.

"영상을 보다시피 지금까지는 당신이 확실하다고 생각했소. 그런데 만약 이게 조작된 거라는 걸 증명만 한다면……."

"반대로 증명하지 못하면요?"

"그렇다면 안타깝지만 내가 자네를 구속해야겠지."

창준의 물음에 대답은 페르낭이 했다. 페르낭의 모습도 처음과 달리 딱딱하게 변해 있었다. 당장이라도 창준이 암살범이라고 판단이 된다면 마법을 사용할 것처럼 보였다.

두 사람의 태도에 딱히 실망하지는 않았다. 어차피 두 사람과 친분이 있었던 건 아니니까.

창준은 희미하게 미소를 지으며 말했다.

"그건 다음으로 미루는 게 좋겠군요. 지금은 미스터 바넬이 조금 무섭거든요."

"그런가?"

웃으며 대답을 하면서도 페르낭은 마음속으로 창준의 말을 다시 곱씹고 있었다.

'지금은? 조금? 지금 수준은 언제든지 넘을 수 있다는 것처럼 들리는데…… 지금이라도 일방적으로 당하지 않을 자신이 있다는 말인가?'

창준의 진심이 어떤 것인지 알 수 없었다. 확실한 건 창준의 이런 모습이 패기가 있어 보여 마음에는 들었다. 필리다가 죽었다는 슬픔을 조금 걷어내 주는 느낌이었다.

창준이 리처드를 향해 물었다.

"이걸 어떻게 해드릴까요? 조작하는 걸 먼저 보여드릴까요?"

리처드가 고개를 끄덕이자 창준은 탁자 위에 있는 수정구를 향해 손을 펼치고 마치 캐스팅을 하는 것처럼 잠시 중얼거린 다음에 마법을 사용했다.

"메모리 페브릭케잇(Memory Fabricate)."

창준의 손에서 흘러나간 마나가 수정구를 잠시 감싸더니 흡수되었고 이내 수정구가 빛나며 영상이 흘러나오기 시작했다.

영상은 처음 봤던 것과 같았다. 단지 사람이 달라졌을 뿐이다.

"이, 이건……."

"다른 사람이 생각나지 않아서요."

영상에서 필리다를 죽이는 사람은 창준이 아닌 리처드로 바뀌어 있었다.

리처드는 황당하고 곤란한지 얼굴이 잔뜩 일그러졌고, 페르낭은 처음 보는 마법에 눈을 맹렬히 반짝이고 있었다.

"그 마법은 자네가 만든 건가?"

"제가요? 전혀요. 스승님이 알려주신 마법이니까 스승님이 만든 마법이지 않을까요?"

원래는 아스란이 만든 마법이 아니었고 다른 마법사가 만든 마법이지만, 그런 것까지 세세하게 얘기해 줄 필요는 없었다. 또 다른 마법사에 대한 설명을 해버리면 그 마법사에 대해 또 거짓말을 해야 하니 아예 모르는 척하는 게 편하다.

"신기하군. 어떤 방식으로 마법을 사용하는지 궁금해."

노골적으로 말할 수 없으니 돌려 말하는 페르낭이었다. 어차피 이 마법에 대해서 알려주는 건 어렵지 않은 일이다. 특별히 문제가 될 것도 아니고 말이다.

하지만 공짜로 알려줄 정도로 창준이 바보는 아니다.

"적당한 대가만 제공하신다면야 알려드리지 못할 것도 없지요."

"허어…… 이 사람 장사꾼이었구만."

"모르셨어요? 지금 전 세계에 선풍적인 인기를 끌고 있는 클린—1이 제가 만든 회사에서 나오는 제품이에요. 그러니까 장사꾼이 맞다는 말이죠."

약간 도발하는 듯한 페르낭에 말에 넉살 좋게 대답하자 페르낭이 나이에 걸맞지 않게 입술을 삐죽거린다.

리처드는 정신을 차리고 서둘러 말했다.

"원래 영상으로 복원해 주시오."

"그러면 제 혐의도 모두 벗겨지는 거겠죠?"

"혐의는 지금 당신이 보여준 것만으로 충분히 벗길 수 있소. 조작이 가능하다는 걸 알았으니 이 영상은 더 이상 증거라고 할 수 없으니 말이오."

원하는 답변이었다.

창준은 다시 수정구를 향해 손을 내밀고 마법을 사용했다.

"메모리 레스터레이션(Memory Restoration)."

마나가 수정구에 흡수되고 수정구에서 나오는 영상이 한 번 깜빡이더니 모든 것이 원래대로 바뀌었다.

영상에서 나오는 제프리를 본 창준은 그가 자신의 기억에 있는 사람이라 조금 놀랐다.

'저 사람… 이름이 뭐였더라? 이전에 MI5에서 나올 때 올리비아가 엄청 싫어하던 그 사람이었는데. 이름이……'

"제프리……."

창준의 생각과 함께 리처드의 입에서 신음성과 같은 소리가 흘러나왔다.

'맞다! 제프리 게리슨이라고 했었지!'

평소답지 않은 올리비아의 태도 때문에 기억에 조금 남아 있던 사람이었다. 그리고 창준의 기억에는 그가 MI6의 요원으로 남아 있었다.

'내부에 흑마법사가 잠입해 있었다… 는 말이네.'

적은 어둠 속에 있고 자신은 밝은 세상에 있으니, 자신의 모습을 떳떳이 드러내지 못한 적이 어디에 있는지 짐작하다 보면 완전히 믿는 몇몇 사람을 제외하고 모든 사람이 적으로 보이기도 한다.

그렇기에 어쩌면 MI6 요원일지도 모른다는 생각을 했다. 물론 이건 창준이 예상한 수십 가지의 예측 중 하나라 맞혔다고 하기도 민망하다.

리처드는 수정구를 뚫어져라 바라보며 말했다.

"…믿을 수 없군."

"그래요? 그러면 자세히 설명을 드려야 하겠네요. 혹시나 이런 상황이 올까 봐 미리 준비를 했었어요. 대신 여기서 나가질 못하게 하니 객실에 있는 것 중에서 쓸 만한 걸 골라서 영상은 허접하게 나오지만요."

창준은 한쪽에 놓여 있던 크리스탈로 만들어진 볼펜꽂이를 올려놓고 현장 기억 복원 마법을 사용했다. 그러자 민망하게도 이전에 이 방을 사용했던 30대 연인이 사랑을 나누는 장면이 흘러나왔다. 그나마 볼펜꽂이라 화면이 고르지 못한 게 다행이었다.

"어… 이거 참 민망하네요. 설마 이런 장면이 나올 줄은……."

"상관없으니 계속하시오."

"그, 그러죠. 현장 기억 복원 마법을 사용하면 나오는 영상에 조작을 하기 전, 수정구 내부의 마나의 움직임을 느껴보세요."

창준은 차근차근 현장 기억 복원 마법과 조작된 마법, 다시 복원한 마법에 관련된 설명에 들어갔다. 얘기의 요지는 마나의 움직임을 느끼고 조작 여부를 알 수 있다는 것이었다.

간단히 말하면 조작되지 않았거나 다시 원래대로 복원한 영상은 마나가 일정히 흐르는 느낌을 주는 반면, 조작된 마법은 마나가 불규칙적으로 움직인다는 얘기였다.

사실 창준의 설명을 들으면서도 리처드는 잘 이해가 되지는 않았다.

리처드가 6서클 마법사이기는 하나 가진 마법적 지식을 비교하면 창준과 비교하기도 민망한 수준이다. 창준은 아스란이 남긴 마법과 마법 이론, 경험을 뇌에 각인시켜 현존하는 마법사들 중 가장 넓고 깊은 지식을 가진 사람이라 할 수 있었다.

다행이라면 리처드는 이해할 수 없었으나 페르낭은 창준의 말을 이해하고 있다는 사실이었다.

창준의 말이 맞다는 건 페르낭이 보장했다.

"정말… 믿을 수 없군."

"아직도요? 여기서 뭘 어떻게 설명을 해주나요?"

"당신을 믿지 못한다는 말이 아니오. 제프리가… 반역자라는 걸 믿을 수 없다는 말이지……."

SAS에서부터 MI6까지 오랫동안 국가를 위해 헌신을 해왔던 사람이 제프리다. 그랬기에 지금은 유럽을 감독하는 통제관 자리까지 오른 것 아니던가.

무거운 한숨을 내쉰 리처드는 자리에서 일어섰다.

"저는 빨리 돌아가 봐야겠습니다."

"어서 가시게. 난 이 친구와 조금 더 얘기를 하고 싶군. 자네도 괜찮지?"

"저야 상관없어요. 어차피 이번 일이 마무리되기 전까지는 여기에 수감된 죄수나 다름없는데요. 그것보다 이제 저는 혐의가 없는 것 맞죠?"

확답을 받으려는 창준의 물음에 리처드는 고개를 끄덕이며 말했다.

"지금까지 괜한 고생을 하도록 만들어서 미안하오."

"에이, 우리 사이에 그렇게 말하면 되나요? 오고 가는 현물 거래 속에 싹트는 신뢰라고, 적절한 보상만 해주신다면 아무 불만이 없으니 다음에 오실 때는 좋은 제안을 부탁드릴게요."

지금 리처드가 내부의 적을 알아내고 정신이 없는 상황이 아니었다면, 대놓고 무언가를 요구하는 창준의 말에 어이없는 표정이라도 지었을 것이다.

하지만 지금 리처드에게는 그런 여유도 없었다. 한시라도 빨리 제프리를 잡아야 마음이 놓일 것 같았다.

"알겠소. 내부회의를 해보고 나중에 찾아오도록 하겠소."

그러고는 객실에서 빠른 걸음으로 빠져나갔다.

창준은 리처드가 나간 문을 바라보며 크게 한숨을 내쉬었다.

'이제야 마음이 좀 편해지겠네.'

페르낭은 그런 창준을 보며 웃었다.

"방금 전까지는 노련한 사람처럼 보이더니, 지금 보니까 모두 연기였던 거군. 안도의 한숨이 천장을 뚫고 나가겠어."

"하하…… 전혀 예상하지도 못하고 암살범, 테러범으로 몰리니 암담했었죠."

"그럼 좀 편한 마음이 되었으니, 방금 사용했던 마법에 대해서 좀 얘기를 하세나. 아까 보니까 마나의 움직임이……."

집요하게 마법에 대해서 물어보는 페르낭의 모습에 창준은 어색한 미소를 지었다. 하지만 그렇다고 그를 쫓아낼 수 있는 것도 아니었다. 무려 7서클 대마법사 아니던가.

최대한 자신이 7서클로 오를 수 있는 힌트를 얻어내리라 생각하며 페르낭과 마법에 대한 얘기를 하기 시작했다.

CHAPTER
08

올리비아의 위기

ALCHEMIST

 리처드는 창준의 객실에서 나오자마자 몇몇 사람에게 제프리가 있는 장소를 찾으라고 명령을 내렸다.

 자신이 신뢰할 수 있는 사람에게 명령을 내린 것이지만, 그는 제프리가 자신보다 더 오래 MI6에 몸을 담고 있었다는 사실을 무시했다.

 MI6 청사에 있던 제프리에게서 MI5에 친분을 다졌던 동료의 전화가 왔다. 동료의 생각은 어떤지 모르나 제프리는 그를 잘 써먹기 위해 친분을 다졌을 뿐이다.

 이제 곧 점심시간이니 당연히 밥이나 먹자고 할 것 같았기에 전화를 받자마자 말했다.

"무슨 일이야? 점심이나 같이 먹자고 전화한 거라면 사양하겠어. 지금 바쁘다."

─무슨 일인지는 내가 묻고 싶다. 너 국내에서 무슨 작전을 벌인 적 있어?

질문이 심상치 않다고 느낀 제프리는 보던 서류를 내려놓고 의자에 바로 앉았다.

"작전이라니? 내가 MI5에 협조 요청도 하지 않고 그런 일을 할 리가 없잖아."

─그렇지? 그럼 왜 그러는 거지……?

"무슨 일인데 그래? 자세히 말을 해줘야 대답이라도 하지."

─자세히 말할 것도 없어. 갑자기 리처드 국장이 자네의 위치를 찾더라고.

리처드의 이름이 나오자 제프리의 눈에서 예리한 빛이 번뜩였다. 그렇지만 그의 입에서 나오는 목소리는 의뭉스럽기이를 데 없었다.

"리처드 국장이? 나를 왜?"

─나도 그걸 몰라서 너한테 물어보는 거잖아.

"어쩌다가 나를 찾는 건지는 몰라?"

─그건… 설명하기 어렵고. 아무튼 네 위치를 아는 사람이

나쁜인 건 아니니까 곧 리처드 국장이 보낸 사람이 그쪽으로 갈 거야. 혹시 잘못한 것 있으면 미리 준비를 해놔. 된통 깨지지 말고.

제프리는 전화를 끊기자마자 서둘러 금고를 열었다. 그곳에는 기밀서류도 있었지만, 제프리가 갖고 있던 위조 여권과 도주용 자금과 같은 물품들도 같이 보관되어 있었다.

서류가방에 도주 물품들을 빠르게 담으면서도 제프리의 얼굴은 냉정했다. 언젠가는 이런 날이 올 거라 생각했던 것이다.

'그쪽에서 무슨 일이 있었기에 내 정체가 들킨 거지?'

동료와의 전화에서는 정확한 내용이 없었으나 지금 MI5에서 가장 보안 등급이 높은 일은 창준과 관련된 것이었고 리처드가 오늘 창준을 만나러 간다는 것도 알고 있었다. 그러니 리처드가 자신을 찾는 건 창준에게 무슨 말을 들었기 때문일 가능성이 컸다.

순식간에 도주할 준비를 끝낸 제프리는 자신의 집무실에서 걸어 나왔다. 그의 걸음은 평소와 똑같았다. 어디에서도 그가 도주할 분위기는 보이지 않았다.

엘리베이터를 탄 제프리는 아래로 내려가는 게 아니라 오히려 가장 최상층으로 올라갔다. 최상층에 도착한 엘리베이터에서 내린 제프리는 옥상에 있는 헬리포트로 올라갔다.

옥상에서 헬리포트를 관리하던 경비 두 명이 제프리가 올라온 걸 보고 다가가며 말했다.

"아직 헬기가 도착하지 않았는데 무슨 일입니까?"

제프리는 자신이 품에서 빠르게 권총을 꺼내는 걸 보고 당황하는 두 경비의 가슴에 총을 발사했다.

탕! 탕!

작은 비명과 함께 쓰러진 두 경비를 본 제프리는 바로 마법을 사용해 날아올랐다.

빠르게 MI6 청사에서 멀어지는 제프리가 작게 이빨을 갈았다.

'제길……! 아직 정체를 들키면 안 되는 일이었는데…….'

최소한 창준을 처리한 이후에 빠져나갔어야 했다.

밀러 회장과 얘기를 나눴을 때는 당장이라도 창준이 숙박하고 있는 곳으로 달려가 정리를 하고 싶었으나 그곳을 지키는 수많은 MI5 요원들 때문에 그럴 수 없었다.

문제는 지금부터다.

정체가 발각되었다고 무작정 영국을 벗어나 조직에 합류할 수는 없었다. 최소한 맡은 일은 끝내고 합류를 해야 했다. 그렇지 않으면 밀러 회장의 말처럼 실망한 마스터가 어떤 징계를 내릴지 몰랐다.

'이대로 창준을 죽여?'

잠시 생각해 본 제프리가 고개를 저었다.

그곳에 있는 요원들이나 창준이 얼마 정도의 실력을 갖고 있는지는 걱정도 하지 않았다. 그만큼 그는 자신의 실력에 자신이 있었다. 하지만 그곳에 페르낭 바넬이 있다면 얘기는 달라진다.

영국 최고의 실력자이자 유럽에서 페르낭 바넬과 함께 유럽 최고의 마법사라 손꼽히는 필리다를 죽이기는 했다. 하지만 그건 실력으로 그녀를 죽인 게 아니었다.

실제로 필리다와 싸운다면…….

질 것 같은 생각이 들지는 않았으나 이길 것 같지도 않았다. 필리다는 그 정도로 대단한 실력을 가진 마법사였다.

그런데 페르낭 바넬은 자신이 알기로 필리다보다 더 높은 수준에 올랐다는 평을 받는 마법사였다. 비공식적으로 유럽에 있는 수많은 마법사들 중에서 정점에 서 있는 사람이 바로 페르낭 바넬인 것이다.

이렇게 대단한 페르낭이 창준과 함께 있을 가능성이 높았다.

유럽 최고의 마법사인 페르낭과 복종의 씨앗으로 만들어진 키메라를 상대했던 창준, 거기다가 MI5에서 파견된 마법사까지 합치면 아무리 자신이라고 하더라도 목숨을 건지는 것은 힘들었다.

'그 녀석을 독대할 수 있는 방법을 찾아야지.'

방법은 있었다. 조금 과격한 방법이기는 하지만 역대로 가장 흔히 사용되고 그만큼 잘 먹히는 방법이.

납치였다.

창준이 영국에 연고가 없기는 했지만, 그 두 사람이라면 창준이 자신의 말을 따라서 움직일 거라 생각했다.

바로 올리비아와 케이트였다.

제프리의 조사에 따르면 케이트는 창준의 비서이자 사업 파트너로서 두터운 친분이 있다고 알고 있었다. 그리고 올리비아는 이번 일만 보더라도 그와 친분이 두텁다는 걸 짐작할 수 있었다.

'두 사람이라⋯⋯.'

그 무렵 MI6 청사 입구에는 검은색 SUV 몇 대가 연이어 들어왔다. 차량에서 가장 먼저 내린 사람은 MI5 국장인 리처드였다.

"그러니 지금 당장 MI6에 비상체제를 선언하시오! ⋯지금 소속이 다르다는 말로 늑장 부릴 때라고 생각하오? 이러다가 유럽 통제관인 제프리가 도주라도 하면⋯ 됐소! 내가 지금 청사에 도착했으니 내가 직접 잡도록 하지! ⋯마음대로 하시오! 대신 제프리가 반역을 저지른 정황이 드러나면 당신도 무사

하지 못할 거라는 걸 알고 있으시오!"

거칠게 전화를 끊은 리처드는 빠른 걸음으로 MI6 청사로 들어갔다. 그런 리처드의 뒤를 따라 같이 MI5 요원들이 빠르게 움직이고 있었다.

청사로 들어온 리처드가 직접 MI6에 비상을 선언하고 제프리를 잡기 위해 그의 집무실로 달려갔다. 하지만 그의 눈에 들어온 제프리의 집무실은 급히 떠난 흔적만 가득했다.

최대한 믿을 수 있는 사람에게 일부만 얘기한다고 했었는데, 아무래도 어떤 연락을 받고 미리 자리를 피했다고 생각할 수밖에 없었다.

거칠게 이빨을 갈은 리처드가 소리쳤다.

"지금 당장 제프리 게리슨을 수배하도록 하고, 누가 제프리에게 정보를 흘렸는지 철저하게 파악해서 보고해!"

리처드의 명령에 그의 뒤에 있던 사람들이 어수선하게 뛰어다니고 전화를 하기 시작했다.

*   *   *

리처드가 MI6 청사에 도착했던 시간, 자신의 집에서 근신하고 있던 올리비아는 전혀 예상하지 못한 전화를 받고 있었다.

'제프리? 이 인간이 왜⋯⋯.'

자신이 그를 얼마나 경멸하고 싫어하는지 모를 리가 없다. 몇 주 전에 MI5 청사에서 마주쳤을 때도 화난 고양이처럼 잔뜩 발톱을 세웠었지 않던가.

잠시 무시할까 생각하던 올리비아는 이내 전화를 받았다. 무슨 일인지 모르지만, 어떤 일인지 모르는데 무작정 전화를 받지 않을 수 없었다.

"무슨 일이죠?"

전화를 받은 올리비아는 자신의 목소리에 가시가 잔뜩 돋아 있다는 걸 깨닫고 스스로 놀랐다. 그렇다고 당황하지는 않았다. 어차피 제프리가 자신이 그를 싫어한다는 걸 잘 알고 있을 테니까.

─목소리가 너무 냉담하군. 굳이 그렇게 나올 필요는 없을 텐데.

제프리의 목소리는 태연했다. 오히려 넉살이 보인다고 느껴질 정도였다.

"제가 당신을 별로 좋아하지 않는다는 걸 굳이 내 입으로 다시 설명할 필요는 없을 텐데요."

─아직도 내가 당신을 MI6에서 배제시킨 걸 마음에 두고 있는 것 같군. 너무 편협하다고 생각하지 않나? 거기다가 당신 스스로 벌인 일에 대한 징계를 받았을 뿐인데 말이야.

"하! 내가 모를 거라고 생각하나요? 원래 징계 수위에서

MI6에서 축출되는 수준으로 징계가 높아진 게 당신의 건의 때문이라는 걸?'

―그러면 상부 명령을 무시한 사람에게 징계 같지도 않은 근신으로 처리하려고 했던 게 정당했다고 생각하는 건 아니겠지?

과거의 얘기를 다시하고 있으니 머리가 지끈거리는 것 같았다.

미간을 잔뜩 찌푸린 올리비아는 관자놀이를 누르며 짜증스러운 말투로 대답했다.

"저와 관계를 개선하기 위해서 전화를 한 건가요? 이런 얘기를 할 생각이면 그만 전화를 끊도록 하죠. 저와 당신의 관계가 개선되는 일은 절대로 없을 테니까요."

―쯧쯧……. 이 바닥에 있으면서 적도 없고 아군도 없다는 말을 많이 들었을 텐데? 그리고 만약 내가 말하려고 했던 본론이 전혀 나오지도 않았다면 어쩌려고 전화를 끊자고 하나? 그것이 당신에게 어떤 결과로 다가올지도 모를 텐데.

"그러면 빨리 그 얘기부터 해요! 쓸데없이 과거 얘기를 꺼내지 말고요."

짜증스럽게 말하는 올리비아의 반응에 수화기에서 제프리가 낮게 웃는 소리가 들려왔다.

소름이 끼쳤다. 하마터면 전화를 끊어버릴 뻔했으나 겨우 참은 올리비아였다.

잠시 후 제프리의 목소리가 다시 수화기를 통해 들려왔다.

—이번 런던 사건에 대해서 얘기할 것이 있다.

"런던 사건? 당신이 무슨 상관이죠? 설마 MI6에서 이번 일에 관여하고 있는 건가요?"

—우리가 그렇게 한가하지는 않지. 단지 해외 정보원을 통해서 들어온 정보가 있어서 공유를 하려는 거라 생각하면 되겠는데.

"그걸 나한테 알려준다고요?"

뭔가 꿍꿍이가 있는 것 같았다. 그렇지 않으면 자신이 그를 싫어한다는 걸 빤히 알면서 이런 얘기를 하는 게 말이 되지 않았다.

이런 올리비아의 마음을 눈치챘는지 제프리가 말했다.

—솔직히 나도 당신에게 이 정보를 알려줄 필요는 없다고 생각해. 하지만 그렇다고 언제까지 서로 싸울 수 없는 일 아닌가? 아무리 이제 당신과 내가 소속이 다르다고 하더라도 서로 협력을 해야 하는 일이 생길 수 있는데, 그때에도 이런 식이면 앞으로 같이 일하기 힘들겠지.

"그래서 먼저 화해의 선물로 정보를 넘기겠다는 말인가요?"

—정확해. 그래서 당신의 대답은? 나도 굳이 당신에게 알

려줄 필요는 없다는 걸 기억해.

올리비아는 잠시 고민했다.

제프리가 마음에 들지 않았다. 그렇지만 그의 능력이 부족한 건 아니다. 오히려 출중하다고 할 수 있다. 그렇지 않았으면 유럽 전체를 아우르는 통제관에 오를 수 없었을 테니까.

지금 MI5에서 그녀의 위치가 사라질 상황이었다. 어떤 정보를 제프리가 가지고 있는지 모르지만, 그가 가지고 온 정보가 쓸 만한 정보라면? 다시 자신의 위치를 지킬 수 있을지도 몰랐다.

그리고 런던 사건이라면 창준과 연관된 정보일 가능성이 높았다. 앞으로도 창준과 좋은 관계를 가져가기 위해서라면 최대한 정보를 가지고 있는 편이 좋을 것이다.

"좋아요, 당신이 말한 사과의 선물을 받도록 하지요."

―그러면 만나서 얘기를 하도록 하지. 내가 지금 런던에는 없고 시간도 그리 많지 않은 상황이야. 그러니 런던 북쪽에 있는 헤어필드 부근에서 만나기로 하지.

"거기까지요?"

―아니면 기다리든지. 그나마 잠깐 시간을 내서 당신을 만나려는 거니까 말이야.

"아니에요. 그쪽으로 가도록 하지요."

―좋아, 그러면 1시간 정도면 충분히 도착하겠지? 도착하

면 연락을 하라고.

전화를 끊은 올리비아는 마음에 들지도 않는 제프리와 화해를 하는 상황이 마음에 들지 않았다. 하지만 어쩔 수 없었다.

서둘러 준비를 한 올리비아는 제프리와 말한 장소를 향해서 직접 운전해 이동하기 시작했다.

고민하던 제프리가 선택한 건 올리비아였다.

두 사람 모두 납치하려고 한다면 여러모로 문제가 많았다. 올리비아는 MI5에 머물고 있었고 그녀가 가진 힘도 4서클 마법사 정도였다. 그리고 케이트는 비록 능력자는 아니었으나 미국 대사관에 머물고 있다는 점이 문제였다.

그가 올리비아를 선택한 이유는 간단했다.

케이트를 납치하기 위해서는 미국 대사관으로 잠입을 해야 하는데, 이후 미국으로 건너갈 걸 생각하면 되도록 문제를 일으키지 않는 편이 좋았다.

그에 비하여 올리비아는 자신이 원하는 장소로 불러내는 게 가능할 것 같았다.

지금처럼.

전화를 끊은 제프리는 음흉한 미소를 지으며 말했다.

"그러면 독이 오른 귀족 여식을 맞이할 준비를 해볼까?"

헤어필드는 런던 외곽에 붙어 있는 작은 마을이었다. 주거 지역이 거의 대부분인 만큼 특별한 것은 없고 그저 평온해 보이는 환경이 전부였다.

헤어필드에 도착한 올리비아는 제프리에게 전화를 했다.

"도착했어요. 어디로 가면 되죠?"

—생각보다 빨리 왔군. 주소를 문자로 보내줄 테니 그쪽으로 오면 된다.

전화를 끊고 잠시 기다리자 제프리가 보낸 문자가 도착했다. 주소를 내비게이션에 입력하니 헤어필드에서도 가장 외곽에 있는 장소를 가리키고 있었다.

운전을 해서 주소가 나온 장소로 가보니 그곳은 허름하지만 제법 큼직한 헛간과 같은 곳이었다.

차에서 내린 올리비아가 헛간으로 들어가 보니 헛간 가운데 서 있는 제프리가 보였다. 그의 얼굴에 떠오른 미소만 봐도 기분이 더 나빠졌다.

"대체 MI6는 뭐가 문제죠? 왜 멀쩡한 장소를 고르지 않고 항상 이런 곳을 좋아하는 거예요?"

올리비아의 목소리에는 여전히 날이 서 있었다.

"이곳이 마음에 들지 않나?"

"장난해요? 런던 중심가에서 이곳까지 오는 게 얼마나 오래 걸리는지 몰라요? 거기다가 헛간이라니. 하필이면 왜 이런 곳이냐는 말이죠."

"그건… 이런 곳이야말로 사람의 시선이나 귀찮은 CCTV에 잡히지 않는 곳이기 때문이지."

"됐어요! 주겠다는 정보나 빨리 주세요."

"굳이 서류로 줄 필요는 없는 정보니 그냥 말로 하지."

"…그러면 왜 나를 이곳까지 불렀죠? 전화로 말하면 되잖아요!"

짜증스럽게 소리치는 올리비아를 보며 제프리는 손가락 하나를 입에 가져다대는 것으로 올리비아의 입을 막았다. 그러곤 그가 입을 열었다.

"오늘 이곳에서 큰 전투가 있을 예정이야."

"전투? 그게 무슨 말이지요?"

"이곳에 납치당한 귀족가 영애가 잡혀올 예정이고, 그녀를 찾기 위해서 런던 사건의 주범으로 지목되고 있는 한국인 창준이 이곳으로 올 거라는 말이지."

올리비아는 분위기가 이상하다는 걸 느꼈다. 특히 창준의 이름이 직접적으로 거론되는 게 더욱 이상했다.

그리고 제프리를 노려보던 올리비아가 말했다.

"당신… 무슨 의도지?"

"이해를 못 한 건가, 아니면 이해하기 싫은 건가? 내가 당신을 이곳으로 부른 이유는 당신을 인질로 잡고 창준이라는 아시아 원숭이를 유인하기 위해서라는 거지. 바로 그게 내가 당신에게 준다는 정보라는 것이었고."

올리비아의 얼굴이 싸늘하게 변했다. 그리고 실드를 써서 행여나 제프리가 불시에 총을 쏘는 걸 대비했다.

"나를 인질로 삼는다? 그건 당신이 먼저 나를 잡고 얘기해야 할 것 같은데? 오히려 내가 당신을 잡아서 끌고 갈 수 있는 일이야. 네가 가진 총으로는 나를 잡을 수 없으니까."

"총? 아… 이거?"

제프리는 천천히 총을 꺼내더니 피식 웃고는 멀리 던져 버렸다. 그의 입가에 떠올라 있던 미소가 점점 진해졌다.

"네가 아직 이해를 못 하고 있는데, 이 헛간에 들어온 순간부터 넌 이미 나에게 잡힌 거야."

그의 말이 끝나자 올리비아가 아찔함을 느낄 정도로 엄청난 마기가 헛간 바닥에서부터 뿜어져 나오기 시작했다.

*　　　　*　　　　*

창준은 객실에서 침대에 늘어져 있었다.

'와……! 이 아저씨 더럽게 끈질겨…….'

오늘 하루를 떠올린 창준은 몸에 오한이라도 든 것처럼 몸을 부르르 떨었다.

창준이 말하는 사람은 당연히 페르낭이었다.

리처드가 떠나고 난 이후 페르낭은 창준과 마법에 대한 얘기를 시작했었다.

처음에는 괜찮았다. 그가 창준에게 붙어서 마법에 대해 이런저런 토론도 하면서 좋은 시간을 보냈다.

어차피 그가 곧 떠날 거라고 생각하고 있었으니 프랑스에서 이곳까지 온 수고를 생각하면 받아줄 수 있었다. 그게 자신을 위해서가 아니라 제압하기 위해서라고는 하지만 말이다.

그런데 문제는 페르낭이 도통 떠날 생각을 하지 않는다는 사실이다.

점심식사를 마치고 돌아갈 줄 알았던 페르낭은 자연스럽게 앞장을 서서 다시 객실로 돌아와 얘기를 이어갔다.

온갖 마법에 대한 토론을 하다가 지친 창준은 이거 먹고 떨어지라는 식으로 기억 조작 마법까지는 그냥 알려줘 버렸다. 그러면 페르낭이 만족하고 떠날 줄 알았으니까.

하지만 페르낭은 떠나지 않았다. 오히려 눈에 불을 켜며 더욱 토론에 열을 올리기 시작했다.

주제는 마법으로 시작했으나 어느 순간 마법진에 대한 질문을 하는 페르낭의 모습에 창준은 그를 경계하기 시작했다.

아마도 영국이 창준에게서 마법진을 얻었다는 정보를 어디선가 얻은 모양이었다.

올리비아를 통해서 영국에 마법진을 알려주며 많은 것을 얻어냈던 창준이었다. 그런데 아무런 대가도 없이 페르낭에게 마법진을 알려줄 수 없는 일이지 않은가.

만약 그에게 마법진을 알려주면 대가를 주고 마법진을 배운 영국은 창준에게 최소한 섭섭함을 느낄 게 뻔했다.

그래서 토론을 마법진으로 끌고 가려고 할 때마다 신경을 바짝 쓰며 입에서 나오는 모든 말을 다시 한 번 고민하며 꺼내야 했다.

그렇게 신경 쓰며 겨우겨우 대화를 이어나가다 보니 저녁 시간이 되었고 두 사람은 또 같이 식사를 했다. 그리고 이제는 진짜 페르낭이 돌아갈 것이라 생각하며 식사를 마쳤다.

'그런데 다시 객실로 돌아왔지… 씨발……'

창준은 그때를 떠올리고 자신도 모르게 속으로 욕을 내뱉었다.

이렇게 엄청난 하루를 보내고 페르낭이 떠난 건 저녁 10시가 넘어서다. 그리고 떠나면서 참 살 떨리는 얘기를 했다.

"다음에는 프랑스로 오게. 속 시원하게 토론을 해보자고."

"…오늘 하루 종일 얘기를 했었는데……."

"이건 전초전 수준이지. 소싯적에 필리다와 토론을 하면 기본 3박 4일은 했었어. 길면 일주일도 넘게 했었지."

페르낭의 얘기를 듣고 창준은 결심했다.

'내가 죽어도 프랑스는 안 간다.'

이렇게 인간 진드기 같았던 페르낭과 했던 토론은 창준에게 별로 유용하지 않았다. 오히려 페르낭에게는 가뭄의 단비와 같은 시간이었을 것이다.

창준은 아스란이 남긴 모든 지식을 뇌에 각인했다. 그 방대함과 깊이는 역대 어떤 마법사와 비교하기를 불허할 정도였다. 아스란의 세계에서 최초로 9서클에 도달한 사람이 남긴 지식이 얼마나 대단하겠는가.

토론을 하면서 창준은 이런 지식을 마음껏 풀어놓지 않았다. 아니, 미치지 않고서야 그럴 리가 없었다. 과거 아스란의 세계에서는 아스란이 남긴 지식을 한 문장이라도 얻고 싶어서 마법사들이 줄을 설 정도였다는 걸 알고 있었기 때문이다.

그렇기에 최대한 말을 모호하게 했다. 그런데도 페르낭은 창준이 하는 말을 듣고 무언가 깨닫는 게 있는지 연신 감탄을 흘렸었다.

아무튼 이렇게 민폐를 끼쳤던 페르낭이 돌아갔다. 그와 했던 토론으로 창준이 얻은 건 단 하나의 약속이었다.

'나중에 도움이 필요하면 말하라고 했었지……'

7서클 대마법사의 힘은 만약 다시 흑마법사와 싸운다고 하면 큰 도움이 될 것이다.

물론 아주 심사숙고를 해야 할 것이다. 그를 부른다는 건 도움을 받기도 하지만, 잘못하면 3박 4일짜리 토론에 들어갈 수 있다는 말이니까.

어쩌면 이걸 예상하고 한 말일 수 있다.

아무튼 겨우 혼자만의 시간을 갖게 된 창준은 마음껏 침대에 늘어져 여유를 즐기고 있었다. 아마도 전화가 오지 않았다면 이렇게 누워 있다가 씻지도 않고 그대로 잠에 빠져들었을 것이다.

따르르릉! 따르르릉!

객실에 있는 전화기가 요란하게 울렸다. 덕분에 심리적인 피로를 느끼고 침대에서 버둥거리던 창준은 오만상을 쓰면서 일어날 수밖에 없었다.

'누구야? 이런 시간에 전화를 하고…… 짜증나네.'

전화를 받은 창준의 목소리에는 짜증이 잔뜩 묻어났다.

"예, 누구십니까?"

─당신이 창준인가?

"제가 창준인데… 누구시죠?"

─반갑군. 저번에도 만나기는 했는데 서로 제대로 된 인사를 나누지는 못했었지?

"그러니까 누구냐고요."

자신이 누군지도 밝히지 않고 말하고 있는 상대의 태도는 창준의 짜증을 조금 더 증폭시켰다. 그러자 수화기 저편에서 작게 웃는 소리가 들렸다.

─이게 재미있는 부분이지. 우리가 많은 부분이 엮여 있으면서도 서로 제대로 얘기조차 해보지 않았다는 것이 말이야.

"스무고개를 할 생각이면 이만 전화를 끊도록 하겠습니다. 제가 지금 많이 피곤하거든요. 다음에 제 컨디션이 좋을 때 전화를 주도록 하세요."

말을 마친 창준은 수화기를 내려놨다. 지금은 이런 전화를 기분 좋게 받아줄 때가 아니었다.

물론 아무런 생각도 없이 전화를 끊은 건 아니었다.

'아쉬우면 지가 다시 전화하겠지. 그러면 이런 전화 태도를 보이지는 않겠고.'

자신에게 걸렸던 일들은 슬슬 마무리가 되고 있었다. 그러니 상대가 누구든 전화 한 번 무시했다고 여파가 클 것 같지는 않았다.

잠시 전화기 앞에 서 있으니 전화벨이 다시 울렸다. 하지만 바로 전화를 받지 않았다. 창준이 전화를 다시 받은 건 거의 열다섯 번 정도 벨이 울린 후였다.

"네, 말씀하세요."

―내가 지금 장난하는 것 같나? 이런 식으로 나오면 자네 한테 좋을 것이 없을 것 같은데?

"여전히 저하고 스무고개를 하자는 것 같네요. 전화 끊을 게요."

그러고는 다시 전화를 끊으려고 하는데, 수화기에서 생각 지 못했던 말이 튀어나왔다.

―그래? 네가 전화를 끊으면 한 사람이 죽어.

전화를 끊으려던 창준은 멈칫하고 수화기를 다시 귀로 가 져왔다.

"누가 죽는다는 거지?"

―왜? 이제야 흥미가 생겼나?

"요점만 말하자고. 누가 죽는다는 얘기냐고."

창준은 마음이 조급해졌다. 행여나 수화기에서 케이트의 이름이 나오지 않기를 바랐다. 그러면서 케이트에 대한 원망 도 새어 나왔다.

'그러니까 미국으로 돌아가라니까……'

이런 창준의 마음과 달리 수화기의 목소리는 여유롭게 변 하며 다시 말했다.

―좋아, 다시 시작하자고. 내 이름을 기억하고 있을지 모르 겠군. 처음 만났을 때는 사나운 암고양이가 같이 있어서 제대 로 인사도 못 했었거든.

'암고양이? 여자랑 같이 있었다는 말인가? 누구지?

케이트는 아닐 것이다. 지칭하는 게 케이트였다면 사납다는 표현 대신에 차갑다는 표현을 썼을 테니까.

창준이 이곳에서 알고 있는 여자는 모두 세 명. 그중에 필리다는 죽었고 케이트에게는 어울리지 않는 표현이다. 그러면 남은 건 한 사람.

'올리비아?

올리비아가 창준과 같이 있을 때 사나운 모습을 보였던 적이 한 번 있었다. 그리고 그때 만났던 사람의 이름이 오늘 아침에 리처드의 입에서 나왔었다.

"제프리 게리슨?"

—어? 나를 기억하고 있었던 건가? 이건 생각을 못 했었군. 그저 스쳐 지나가듯이 인사를 했었는데 그걸 기억하고 있다니 말이야.

제프리가 인정하자 창준의 얼굴이 와락 일그러졌다.

아마도 제프리는 흑마법사일 거라고 확신에 가까운 추측을 하고 있던 사람일 것이다. 그런 사람이 죽인다는 사람은 분명 창준과 관계가 있을 게 뻔했다.

"당신이 누군지는 알았어. 네가 죽인다는 사람이 누군지 말해."

—너무 서두르는 것 같군. 천천히 얘기를 해도 될 텐데. 이

제 급한 일도 없지 않나?

"너와 길게 얘기하고 싶지 않아. 네가 죽인다는 게 누군지 말하지 않는다면 전화를 끊겠다."

─그러면 그 사람은 죽어. 죽는다는 게 무슨 말인지 이해하지 못하는 건 아닐 텐데?

"하지만 네가 말하는 게 사실이라는 보장도 없지. 나하고 쓸데없는 머리싸움이나 하자고 전화한 건 아니잖아. 그러니 네가 말하는 사람이 누군지, 네가 납치를 해서 데리고 있는 건지 확실하게 밝혀. 그리고 네가 원하는 걸 말하고."

─하하하하! 웃어서 미안하지만 이거 참 재미있군! 이렇게 본론으로 바로 들어가는 사람은 정말 오랜만이라서 말이야.

"그래서 받아들인다는 말인가?"

─네가 사용하는 메일 주소로 메일을 보냈으니 확인해 봐. 5분 후에 다시 전화하지.

제프리가 전화를 끊자 창준은 객실에 있는 컴퓨터로 달려가 서둘러 전원을 올렸다.

'제발… 케이트가 아니기를……'

제프리가 죽인다는 사람이 누군지는 모르나 인질이란 상대에게 중요한 사람일 때 가장 큰 효과를 발휘한다. 그러니 창준의 마음은 조급해지기만 했다.

부팅이 끝나자 황급히 메일을 확인했다. 가장 최근에 받은 메일에 내용은 없고 사진 파일 하나만 첨부되어 있었다.

사진 파일을 눌렀다. 그러자 한 여자가 어떤 헛간처럼 보이는 곳에서 두 팔이 위로 올려진 상태로 매달려 있는 게 보였다.

CHAPTER
09

아스란을 아는 자

ALCHEMIST

'케이트… 인가?'

창준은 사진 속의 여자가 누군지 알 수 없었다.

일단 너무 어두웠고 입에는 커다란 테이프가 붙여졌으며 얼굴을 숙이고 있는 바람에 그늘이 생겨 한 번에 알아보기 힘들었다.

한참을 들여다보던 창준은 확실하게 알아보는 방법을 찾았다. 바로 케이트에게 전화를 해보면 되는 일이다.

수화기를 들고 케이트에게 전화를 하자 몇 번 전화기가 울리더니 이내 부재중으로 바뀌었다.

평소였다면 이럴 수 있다고 생각하고 넘어갈 일이다. 케이트가 창준의 전화를 거의 대부분 받기는 하지만, 전화를 받을 수 없는 특별한 일이 전혀 없는 경우는 없으니까.

하지만 제프리의 전화를 받고 사진까지 확인한 이후라 전화 연결이 되지 않았다는 건 아주 큰 오해를 불러일으키도록 만들었다.

'이 자식이 케이트를… 납치했구나!'

그렇게 생각하자 손발이 덜덜 떨릴 정도로 화가 치밀어 올라 눈앞이 벌겋게 달아오를 정도였다. 당장이라도 달려가 제프리를 박살 내고 싶어졌다.

다시 전화가 울린 건 그때였다.

―사진을 확인했나?

"똑똑히 들어둬라. 그녀의 머리카락 한 톨이라도 이상이 있으면 산 채로 심장을 뽑아주겠다."

맹수가 으르렁거리는 듯한 창준의 낮은 목소리는 대단히 위협적이었다. 하지만 그걸 듣는 제프리는 이런 창준의 반응에 크게 웃음을 터뜨리고 있었다.

―하하하하! 이거 대단한 반응이군! 이 여자가 죽는 걸 그냥 지켜보지는 않을 거라는 생각에 진행한 일이었는데, 생각보다 더 대단한 반응이야.

"내가 말하는 게 단순한 협박이라고 생각하지 마."

─지금 네가 이런 얘기를 할 상황은 아니지. 얘기는 내가 한다. 너는 들어야 하고. 이해했나? 만약 이해하지 못했다면 말해. 손가락 하나 잘라진 걸 보면 빨리 이해할 테니까.

제프리의 말에 창준은 기겁을 하며 놀랐다.

창준은 케이트의 표정부터 모든 걸 좋아하지만, 그녀의 가느다란 손가락이 애정을 잔뜩 머금고 자신의 얼굴을 쓰다듬는 것도 아주 좋아한다. 그런데 그 손가락 하나가 잘린다고 생각하니 소스라치게 놀랄 수밖에 없었다.

"이해… 한다."

─좋아. 그러면 적을 준비를 해라.

제프리는 자신이 있는 위치를 알려줬고, 창준은 그걸 적었다.

─지금 당장 이쪽으로 달려와. 네가 이곳까지 오는 시간은 대충 예상하고 있으니 중간에 다른 수작을 부릴 생각은 하지 말고. 특히 네가 MI5나 MI6, 다른 마법사 한 명이라도 대동하고 온다면… 너는 이 여자의 시체만 확인할 수 있을 거다.

말을 마친 제프리는 창준의 대답을 듣지도 않고 전화를 끊었다.

전화를 끊은 창준은 잠시 멍하니 생각에 잠겼다.

제프리가 흑마법사일 가능성은 대단히 높았다. 아니, 확정적이라고 해도 좋았다. 그가 자신을 부른다는 건 케이트를 살리고 싶다면 목숨을 내놓으라는 말이나 다름없었다.

물론 자신이 제프리와 싸우면 무조건 진다는 보장은 없었다. 다만 괴물과 싸웠던 것보다 훨씬 힘들고 어려운 싸움이 될 거라는 건 확실했다.

케이트를 목숨을 걸어서라도 구해야 하는가라고 스스로에게 질문을 던져봤다. 그리고 답은 바로 나왔다.

목숨을 걸어서라도 구해야 할 여자였다.

그런 확신이 들자 창준은 빨리 옷을 챙겨 입고 제프리가 알려준 주소를 가지고 객실에서 나가려고 했다.

'아… MI5 요원들이 있지.'

아직 MI5 요원들이 철수한 상태가 아니었다. 이대로 나가면 그들이 자신을 막을 것이다.

창준은 케이트의 목숨을 가지고 도박을 하고 싶은 생각이 없었다. 이번 일은 온전히 자신의 힘만으로 상대해야 했다.

인비지블 마법으로 몸을 투명하게 만든 창준은 창문을 통해 객실을 나와 플라이 마법을 펼쳐 날아올랐다. 애초에 이곳에 있는 MI5 요원들은 창준이 움직이는 걸 눈치챌 수준이 아니었다.

창준이 떠나고 아무도 남지 않은 객실에서 전화벨이 울리기 시작했다.

그게 부재중 전화를 보고 전화한 케이트라는 걸 창준은 전혀 모르고 제프리가 말한 장소로 달려가고 있었다.

                    *   *   *

　올리비아는 고개를 들어 자신의 팔을 묶고 있는 밧줄을 바라보며 얼굴을 찌푸렸다.

　'아파⋯⋯.'

　팔을 치켜들고 있는 상태로 반나절 가까운 시간을 묶여 있다 보니 밧줄이 묶여 있는 손목부터 어깨까지 고통이 매우 심했다. 거기다가 입에는 테이프가 붙여져 숨 쉬는 것도 많이 불편한 상태다.

　올리비아는 너무 경솔하게 움직였던 자신을 탓했다.

　'아무리 제프리가 흑마법사라는 걸 몰랐다고 하더라도⋯ 너무 성급했어.'

　최소한 누군가에게 자신이 이곳에 간다는 말을 하고 움직였어야 했다. 아무런 말도 하지 않고 왔기에 자신이 이렇게 붙잡혀 있는 것을 아는 사람은 아무도 없었다.

　이런 상태가 되어서야 리처드가 말했던 보고가 얼마나 중요한 것이었는지 뼈저리게 느끼는 올리비아였다.

　마법이라도 쓸 수 있으면 좋겠지만, 제프리가 무슨 수작을 부렸는지 기절했다가 깨어난 이후 그녀의 심장에 있는 마나는 도통 움직일 생각을 안 하고 있었다.

그때 헛간 문이 열리며 제프리가 들어오는 게 보였다. 그를 바라보는 올리비아의 눈이 날카롭게 변했다.

제프리는 한껏 웃으며 다가와 말했다.

"조금만 기다리면 곧 네 애인도 이곳으로 올 거다."

올리비아의 눈이 크게 떠졌다. 그걸 본 제프리가 키득거리며 말했다.

"너를 대단히 소중히 여기는 것 같더군. 뭐라더라… 머리카락 한 올이라도 상하면 산 채로 내 심장을 뽑아주겠다던가? 대단한 패기였어. 하하하하!"

제프리의 말을 들으면서 올리비아는 혼란스러웠다. 대체 제프리가 누구를 말하는 건지 알 수 없었다.

'창준이… 그렇게 말했다고?'

믿기지가 않았다.

분명히 창준은 분명 케이트와 깊은 관계를 맺고 있다고 생각했다. 케이트의 말에서도 그렇고 창준의 말을 들어봐도 두 사람이 일반적인 관계를 넘었다는 느낌이 들었으니까.

그런데 그런 창준이 자신을 납치한 제프리에게 그렇게 말하고 자신을 구하기 위해서 여기로 달려오고 있다니, 이걸 어떻게 받아들여야 하는지 알 수 없었다.

더욱 놀란 건 제프리의 말에 그녀의 마음속에서 벅찬 환희가 피어오르기 시작했다는 사실이다. 그제야 올리비아는 자신이 창준을 마음에 깊이 담아두고 있었다는 걸 깨달았다.

창준과 케이트의 말에서 두 사람의 관계가 은근히 드러났을 때, 그녀의 마음이 왜 그렇게 불편했는지 명백히 이해가 됐다.

그리고 이제 온몸이 벌벌 떨릴 정도로 두려워졌다.

'창준… 이곳으로 오면 안 돼…….'

올리비아는 제프리의 힘을 목격했고 직접 상대했다. 제프리가 보여준 힘은 괴물과 비교할 수 없었다. 행여나 창준이 자신을 구하려고 하다가 대신 목숨을 잃으면… 아마도 자신 역시 살아갈 수 없을 것 같았다.

제프리는 올리비아의 반응을 보며 비열한 웃음을 지었다.

"왜? 창준이 나한테 죽을지도 모른다고 생각하니 이제야 두려워지는 건가?"

대답을 할 수 없는 올리비아는 원독이 가득한 눈으로 제프리를 노려볼 뿐이었다.

"큭큭! 무슨 생각을 하고 있는지 모르지만, 창준이 너를 구해줄 거라고 생각하지 않는 게 좋을 거다. 너희 둘은 이곳에서 모두 죽을 거니까. 그나마 같이 죽을 수 있다는 걸 다행이라고 생각하도록 해."

얼굴을 잔뜩 일그러뜨린 올리비아가 거칠게 묶인 팔을 흔들었으나 밧줄이 풀릴 리가 없었다. 그저 그녀의 연약한 피부가 밧줄에 쓸려 상처만 났을 뿐이다.

제프리는 즐거운 시선으로 그녀가 버둥거리는 걸 지켜보다가 태연히 옆에 있는 의자에 앉았다.

그렇게 얼마나 시간이 지났을까?

헛간의 문이 벌컥 열리며 창준이 들어왔다.

'차… 창준…….'

올리비아는 진짜 창준이 자신을 구하기 위해서 목숨을 걸고 이곳에 왔다는 걸 직접 눈으로 확인할 수 있었다.

묶여 있는 자신을 확인한 창준은 눈에 띄게 얼굴이 딱딱하게 굳어갔다. 크게 분노한 모습처럼 보였다.

그녀의 눈에서 겨우 참고 있던 눈물이 흘러내리기 시작했다.

호텔에서 몰래 빠져나와 미친 듯이 달려온 창준은 제프리가 알려준 주소를 따라 헛간에 도착하자마자 바로 문을 벌컥 열고 들어왔다.

이곳에 케이트가 납치되어 있다고 알고 있었기에 한 치의 망설임도 없었다.

헛간을 들어오자마자 창준의 눈에 들어온 건 묶여 있는 여자와 그 옆에 있는 의자에 느긋하게 앉아 있는 제프리였다.

묶여 있는 여자를 확인한 창준은 얼굴이 딱딱하게 굳었다.

'올… 리비아? 자, 잠깐! 납치했다는 사람이 올리비아였어?

케이트가 아니라?

황당했다.

얼마나 황당했는지 얼굴이 굳어서 아무런 표정도 지어지지 않았고 얼굴에 감각조차 없어진 느낌이었다.

올리비아는 자신을 보며 눈물을 흘리고 있었다.

'이거… 잘못 알았다고 하면 뭔가 나쁜 놈이 될 것 같은 분위기네.'

올리비아는 고마운 사람이다. 지금까지 계속 자신을 믿어주고 배려해 주던 사람이었다.

그렇기에 위급한 상황에 그녀를 도울 거냐고 물으면 당연히 도와줄 거라고 말할 수 있다. 하지만 목숨을 걸고 구해줄 정도냐고 물어본다면 고개를 저을 것이다.

미안하지만 창준은 자신의 목숨이 소중했다.

마음 같아서는 '내가 실수했다', '케이트를 납치한 줄 알았지' 라고 말하고 그대로 발걸음을 돌리고 싶었다.

물론 그럴 수 없었다. 올리비아에게 미안해서가 아니라 이미 제프리의 앞에서 등을 돌리고 도망치다가 더 위험한 상황에 처할 수 있으니 말이다.

창준은 작게 한숨을 쉬고는 눈물을 흘리고 있는 올리비아를 보며 물었다.

"괜찮아요?"

대답을 하지 못하는 올리비아는 작게 고개를 끄덕이고는 더욱 많은 눈물을 흘렸다. 이렇게 눈물 흘리는 모습을 단 한 번도 본 적이 없었기 때문인지 조금 애잔한 느낌이 들었다.

"조금만 기다려요. 곧 풀어드릴게요."

올리비아가 작게 고개를 끄덕이는 걸 본 창준이 제프리를 바라봤다. 그러자 제프리는 희미하게 미소 짓는 얼굴로 의자에서 일어나며 말했다.

"회포는 푼 것 같고… 이제 나하고 얘기를 하지. 두 번째로 얼굴을 보는군. 난 제프리 게리슨이라고 하네. 그쪽은?"

너무나 여유로운 제프리의 모습에 창준은 살짝 배알이 뒤틀렸다.

"이미 알고 있잖아. 쓸데없는 얘기는 집어치우지. 나를 이곳으로 유인한 이유는 당연히 나를 죽이기 위한 것이겠고."

"부정하지는 않겠네. 하지만 그건 최종 목표고, 지금은 좀 물어보고 싶은 게 있어."

"그래? 나도 너희 흑마법사에 대해서 궁금한 게 많아."

"당연히 그렇겠지. 그런데 지금은 서로 궁금한 걸 물어보는 시간이 아니지. 너는 대답만 해주면 돼. 대답을 하지 않으면 이 아름다운 귀족 아가씨가 많이 괴로울 거야."

제프리는 올리비아의 팔을 묶고 있던 줄을 헐겁게 만들어 팽팽하게 하늘을 향해 치켜들고 있던 그녀의 팔을 내렸다. 그러곤 품에서 시가 커터(Cigar Cutter)를 꺼내 시가가 들어가는 구멍에 올리비아의 손가락을 집어넣었다.

얼굴이 창백하게 변할 정도로 놀란 올리비아가 버둥거렸으나 마법을 사용할 수 없는 그녀는 평범한 일반 여성과 다를 것이 없었다.

"먼저, 현장 기억 보존 마법의 영상을 복원했나? 아무리 생각해도 갑자기 나를 잡으려고 할 이유가 없거든."

창준은 잔뜩 얼굴을 일그러뜨리고 시가 커터 구멍에 손가락을 넣고 부들부들 떨고 있는 올리비아를 바라봤다. 저렇게 두려워하는 걸 보면서 대답하지 않을 수 없었다. 지금 질문은 대답하기 어려운 것도 아니었다.

"복원했다."

"역시 그랬군. 두 번째 질문은 그 마법을 어디서 배웠나? 설마 네가 직접 만든 마법일 리는 없을 테고……."

"당연히 스승님께 배웠지."

"스승? 이름이 어떻게 되지?"

"아스란."

지금 제프리가 물어보는 것들은 모두 어느 정도 공개가 된 것들이다. 그렇기에 대답하는 창준이 머뭇거리거나 대답을 회피할 필요가 없었다.

그런데 창준의 대답을 들은 제프리의 태도가 이상했다.

"아스… 란?"

"그래, 아스란이란 이름을 가진 분이시지."

잠시 생각을 하던 제프리가 입을 열었다.

"아스란… 드 렌들하르트?"

제프리의 말을 들은 창준의 얼굴이 완전히 경직되었다. 도저히 표정 관리를 할 수 없을 만큼 큰 충격을 받았다.

지금까지 누구에게도 풀 네임을 말한 적이 없었는데 제프리의 입에서 아스란의 풀 네임이 튀어나왔다.

창준의 대답을 들을 필요도 없었다. 그의 표정이 모든 것을 말해주고 있었으니까.

제프리는 미친 듯이 웃었다.

"으하하하! 맙소사! 정말 네가 아스란 드 렌들하르트의 제자라고?"

정말 대박이었다. 마스터가 말했던 아스란 드 렌들하르트의 제자가 여기서 튀어나올 거라고는 전혀 상상도 못 했었다. 실제로 마스터조차 아스란 드 렌들하르트의 제자가 있다고 상상도 못 하지 않았던가.

그런데 그 제자를 처리했다는 걸 알게 되면 얼마나 큰 포상을 받을지 가슴이 두근거렸다.

이제야 모든 것이 이해가 되었다. 한국인인 창준이 어떻게 마법을 배웠는지, 어떻게 그가 마법진을 알고 있었는지 등을 말이다.

"큭큭큭! 그러면 네가 일리미트 비블리어시카를 가지고 있다는 말이겠구나."

창준의 얼굴이 창백해졌다.

'다 알고 있다! 그가… 모두 알고 있어!'

일리미트 비블리어시카의 존재를 아는 사람은커녕 아스란에 대해서 알고 있는 사람조차 없었다. 그런데 전혀 생각도 못 한 타이밍에, 그것도 최대의 적이라 할 수 있는 흑마법사의 입에서 일리미트 비블리어시카의 이름이 나오다니.

심장이 미친 듯이 벌떡거리며 뛰었다.

"일리미트 비블리어시카를 지금 가지고 있을 리는 없겠고… 어디에 숨겨놨나?"

"……."

창준은 대답하지 못했다.

말할 수 있는 것인지 아닌지에 대한 정리가 끝나지 않았다기보다 전혀 예상하지 못한 방향으로 흘러가는 얘기에 당황해서 말이 나오지 않는 것이었다.

대답하지 못하는 창준을 보면서도 제프리는 올리비아의 손가락을 자르지 않았다.

어차피 창준이 숨긴다고 해도 금고에 숨기지는 않았을 것이고, 자신이 직접 찾아봐도 될 것이다. 정 못 찾으면 마스터에게 얘기하면 된다. 그에게 마스터는 곧 신이나 다름없었으니까.

"좋아, 좋아. 대답하지 않아도 돼. 직접 찾아보면 되니까."

창준은 환하게 웃고 있는 제프리를 무섭게 노려봤다.

본능적으로 느끼고 있었다. 여기서 제프리를 살려 보내면 큰 문제가 발생할 거라고.

제프리는 올리비아의 손가락을 시가 커터에서 빼고 다시 그녀의 팔을 최대한 위로 올려 고정시켰다. 올리비아를 묶는 동안에도 제프리는 여유가 있었다.

가만히 그걸 지켜보고 있던 창준이 물었다.

"나도 질문을 하지. 아스란에 대해서 누구에게 들었지?"

"그게 중요한가? 어차피 죽으면 다 알게 될 이야기잖아. 궁금한 건 그때 알아서 찾아보라고."

마치 창준의 목숨을 자신의 주머니에 있는 동전 꺼내듯 언제든지 꺼낼 수 있는 것처럼 보이는 제프리였다.

창준은 제프리의 그런 태도가 마음에 들지 않았다.

이제 자신의 실력이 대단한 수준이라는 걸 스스로 인지하고 있는 창준이었다. 그렇기에 아무리 제프리가 흑마법사라고 하더라도 쉽게 당하진 않을 거라고 확신하고 있었다.

'내가 익힌 마법도, 내가 가진 힘도 알고 있을까?'

창준은 다른 마법사와 다른 용언 마법을 익혔다. 그러니 창준을 일반적인 원소 마법사와 동일시한다면 제프리는 큰 착각을 하고 있는 것이다.

일리미트 비블리어시카까지 알고 있던 제프리였기에 창준이 익힌 마법이나 그의 신체적인 능력을 알고 있을 수 있었다. 하지만 만약 그걸 모르고 있다면… 이 싸움은 창준이 이길 것이다.

"뭔가 큰 착각을 하고 있는 것 같군. 설마 나를 쉽게 죽일 수 있다고 생각하고 있는 건가?"

창준의 말에 제프리의 입꼬리가 조금 더 올라갔다. 창준의 태도가 재미있는 모양이었다.

"자신감인가? 하지만 너도 올리비아와 똑같아."

"…무슨 말이지?"

"네가 이곳에 들어온 순간… 아니, 헤어필드에 온 순간 네 목숨은 내 손에 있다는 것이지."

화아악!

제프리의 말이 끝나자 헛간에서 마기가 끓어올랐다. 아니, 헛간뿐만이 아니었다. 창준의 감각으로는 헤어필드의 전체 지면에서 마기가 솟아오르고 있었다.

'마법진!'

창준은 이것이 마법진이라고 확신했다. 제프리가 어떤 마법도 사용하지 않았고, 마법진은 굳이 시동어를 말하지 않아도 활성이 가능했으니까.

아무리 그렇다고 하더라도 이렇게 넓은 구역이 전부 마법진의 영향을 받게 하려면 상당한 고위 마법진을 사용해야 했다. 특히 원소 마법진이 아니라 흑마법진이라면 더욱 힘든 일이다.

전 지역을 뒤덮는 마기는 창준에게 즉각적인 효과를 발휘했다.

전신에 무력감이 감돌았고 몸이 저릿저릿하게 울리며 머리까지 아파왔다.

그나마 창준이라 이 정도였지 올리비아는 거의 기절하기 직전이었다. 제법 뛰어난 마법사인 올리비아가 저항의 흔적도 없이 제프리에게 사로잡힌 이유를 짐작할 수 있었다.

제프리는 올리비아처럼 쓰러지지 않고 있는 창준을 보고 눈을 반짝였다.

"올리비아보다 능력이 뛰어난 것 같군. 아니면 의지력이 좋든지."

"……."

"하지만 지금 상태로는 마법을 사용하기 힘들 것 같은데?"

마법사가 마법을 사용하려면 당연히 높은 집중력이 필요하다. 거기다가 캐스팅을 하는 과정에서 어떤 방해라도 들어오면 준비하던 마법이 취소되기도 하고, 최악의 경우에는 취소된 마법의 반작용으로 마법을 사용하려던 본인이 충격을 받기도 한다.

당연히 지금처럼 지속적으로 무력감과 고통을 주고 있다면 어지간한 마법사는 마법을 사용하기 힘들다.

고위 마법사라고 하더라도 하위 마법만 사용할 수 있을 뿐이지 고도의 집중력을 요구하는 고위 마법은 사용할 수 없을 것이다.

제프리는 창준이 당장 쓰러지지는 않고 있지만 어차피 그가 여기서 쓰러지고 자신의 손에 목숨을 잃는 것은 정해진 사실이라고 생각했다.

하지만 그건 그의 오판이었다.

창준이 올리비아 수준의 마법사거나 조금 더 능력이 좋은 마법사 정도로 알고 있다는 게 첫 번째 오판이었고, 창준이 용언 마법을 익히고 있다는 걸 모르고 있다는 게 두 번째 오판이었으며 심지어 무인 수준을 육박하는 능력을 가졌다는 걸 몰랐다는 게 세 번째 오판이었다.

그가 이런 오판을 한 것은 아스란과 일리미트 비블리어시카에 대해서 알고는 있으나 자세히는 알지 못하기 때문이다. 마스터에게 들었던 건 아주 단편적인 이야기뿐이었으니까.

고통이 상당한지 몸을 부들부들 떨고 있는 창준을 보며 히죽 웃은 제프리가 천천히 창준에게 다가왔다. 그러자 그걸 본 창준의 눈이 예리하게 빛나기 시작했다.

'조금만 더……'

제프리는 올리비아의 옆에 서 있었다. 올리비아를 무사히 구하려면 최소한 제프리가 그녀의 곁에서 떨어져야 했다.

제프리가 올리비아의 목숨을 붙잡고 창준을 압박하면 곤란했다. 아무리 목숨을 걸고 구해줄 정도는 아니라고 하더라도 눈앞에서 죽임을 당하는 걸 원하지 않았다. 기왕이면 그녀를 무사히 구하고 싶었다.

제프리가 다가오는 걸 지켜보던 창준은 그가 올리비아와 충분히 떨어졌다는 판단이 되는 순간, 눈을 번뜩이며 마나를 움직여 몸을 죄어오는 마기를 밀어냈다.

그것만으로도 흑마법진이 창준에게 가하는 거의 모든 압박에서 벗어날 수 있었다.

그걸 본 제프리는 분위기가 심상치 않다는 걸 느끼고 바로 마법을 사용했다.

"다크 베리어(Dark Barrier)!"

제프리를 감싸는 검은 빛의 장막이 생성되자마자 창준이 순식간에 그의 앞에 나타나 장막을 후려쳤다.

쾅!

블러드 실드보다 상위의 보호마법이었기에 창준의 주먹에 부서지지 않았다. 하지만 그 충격으로 주욱 밀려나더니 헛간

한쪽에 처박혔다. 얼마나 세게 처박혔는지 그의 위로 무너진 헛간 잔해들이 쏟아졌다.

제프리를 돌아보지 않고 바로 올리비아에게 다가간 창준은 그녀를 묶고 있는 밧줄을 모두 끊어버렸다.

마기 때문에 기절할 것처럼 휘청거리는 올리비아는 그대로 쓰러지려고 했고 창준은 그런 올리비아를 안으며 바닥에 쓰러지지 않도록 부축했다.

입을 막고 있던 테이프를 조심스럽게 떼어내자 올리비아는 창준에게 힘없이 매달린 상태로 가느다랗게 말했다.

"미안… 해요…….."

"그런 말은 나중에 해요. 아직 여길 벗어난 것도 아니니까."

이미 올리비아가 마법도 사용하지 못하는 걸 보고 그녀에게 무슨 문제가 있다는 걸 느끼고 있던 창준은 마나를 뽑아내 올리비아의 몸을 점검했다. 그러자 그녀의 목 뒤에서 무언가가 자신의 마나를 밀어내는 느낌을 받았다.

흘러내리는 올리비아의 머리카락을 치워보니 낙인과 같은 문양이 찍혀 있는 게 보였다.

'봉인의 인?'

마법사의 마나를 봉인시키는 마법진으로 아스란의 세계에서는 범죄를 저지른 마법사가 받는 것이었다.

이걸 해제하는 건 어렵지 않다. 다만 그러려면 시간이 필요

했다. 그리고 지금은 그럴 시간이 없었다.

올리비아를 한쪽에 내려놓은 창준은 각인 마법을 사용해 작은 마법진을 만들었다. 마법진을 발동하니 약 1미터 정도 마기가 침입을 못 하는 공간이 생겨났다.

간단한 정화 마법진이었다.

창준은 이번 싸움에서 어떤 것도 숨기지 않을 생각이었다. 제프리가 어느 정도인지 알 수 없으나 능력을 숨기며 할 싸움은 아니라 생각했다.

마기가 침입하지 못하는 공간에 올리비아를 놔두니 금세 기력을 찾고 일어섰다. 창준은 눈물을 그렁그렁 매달고 자신을 바라보는 올리비아에게 살짝 미소를 지었다.

"여기서 기다리고 있어요. 절대로 여기서 나오지 말고요."

지금 올리비아는 아무런 능력이 없는 일반인이라 할 수 있었다. 여기서 나오면 또다시 쓰러질 걸 그녀 스스로도 알고 있었다.

올리비아가 살짝 고개를 끄덕이는 걸 본 창준은 그녀를 등지고 제프리가 처박힌 곳을 바라봤다. 제프리가 천천히 잔해들 사이에서 일어서는 모습이 보였다.

제프리는 눈에서 불똥이라도 튈 것처럼 창준을 노려봤다. 잠깐의 방심으로 꼴사나운 모습을 보여준 게 대단히 짜증스러웠다.

"사랑의 힘은 참 대단하군. 차라리 내가 당황한 순간을 노렸다면 좋은 기회를 얻을 수 있었을 텐데 말이야. 덕분에 이제 방심은 없다."

제프리는 차갑게 말했다.

올리비아를 창준이 구해낸 건 아무래도 좋았다. 어차피 그녀를 인질로 삼아 압박할 생각도 없었으니까. 하지만 이렇게 자신이 밀려났다는 건 상당히 자존심 상하는 일이었다.

창준은 제프리를 바라보며 피식 웃었다.

"방심은 무슨 방심이야? 긴장해라. 순식간에 네 모가지를 뜯어낼 수 있으니까."

어차피 피할 수 없는 싸움이고, 질 수 없는 싸움이었다. 차라리 자신의 말에 흥분이라도 해준다면 조금이라도 우위에서 시작할 수 있기에 독설을 날렸다.

하지만 제프리는 SAS와 MI6에서 잔뼈가 굵은 사람이다. 이런 어설픈 도발은 오히려 창준의 의도를 빤히 들여다보이게 만들었다.

"나도 그럴 생각이다. 그러니 준비했던 걸 바로 꺼내도록 하지."

제프리의 말이 끝나기가 무섭게 그의 몸에서 가공할 마기가 뿜어져 나왔다. 그리고 크게 숨을 들이마시더니 입을 크게 벌렸다.

쿠어어어어!

사람의 입에서 나왔다고 믿을 수 없는 괴성이 튀어나오며 더욱 격렬하게 뿜어져 나오는 마기에 나무로 만들어진 헛간이 폭탄이라도 맞은 듯 사방으로 터져 나갔다.

길게 울려 퍼지는 괴성은 헛간을 날려 버린 위세에 비하면 의외로 창준에게 직접적인 충격을 주지 않았다. 그러나 창준의 얼굴은 잔뜩 굳어 있었다. 그는 지금 제프리가 무슨 짓을 한 건지 알고 있었다.

"데스 로어(Death Roar)……."

흑마법사도 원소 마법사처럼 주로 사용하는 마법에 따라 몇 가지로 나눠진다. 제프리가 사용한 데스 로어는 흑마법사의 한 갈래가 사용하는 대표적인 마법이었다.

죽음과 혼령을 다루는 일인군단.

네크로맨서(Necromancer)였다.

CHAPTER
10

네크로맨서(Necromancer)

ALCHEMIST

데스 로어는 주변을 네크로맨서의 영역으로 선포하는 흑
마법이다. 영역이 선포되면 그 자리에 묻혀 있던 시체와 혼령
들은 네크로맨서에게 종속되어 움직이게 된다. 뿐만 아니라
그의 권속들은 평소보다 두 배에 가깝게 강력한 힘을 낼 수
있게 된다.

거기다가 흑마법진은 이곳에 마기를 뿜어내고 있어서 네
크로맨서의 소환물에게 더욱 강력한 힘을 낼 것이 분명했다.
소환물은 모두 마기를 근본으로 하여 움직이는 거니까.

창준은 이곳이 묘지가 아니라는 걸 다행으로 여겼다.

하지만 그것은 창준의 착각이었다. 제프리에게 달려들려던 그의 눈에 사방에서 들썩거리는 지면이 보였다.

평평했던 지면을 뚫고 올라오는 것들 중에는 살이 거의 모두 썩어버린 시체들도 있었고, 뼈만 움직이며 지면으로 기어 나오는 스켈레톤도 있었다.

스켈레톤들은 손에 장검이나 창을 들고 있었고, 살이 썩어버린 좀비들은 발사가 될까 싶을 정도로 부식된 구식 소총을 들고 있기도 했다.

"아니, 어떻게……."

"내가 괜히 이곳으로 너를 불러냈다고 생각했나? 기록되지는 않았지만, 이곳은 수많은 시체들이 잠들어 있던 곳이지. 중세시대부터 2차 세계대전의 시체들까지 말이야. 그때에 외부에 밝힐 수 없는 시체를 버리는 곳이 바로 이곳이었다. 후하하핫!"

득의양양하게 외치는 제프리는 끊임없이 지면으로 기어 나오는 시체들로 가려지고 있었다. 빼곡히 일어서는 시체들로 인하여 시야가 가려지는 것이다.

창준은 이를 악물며 제프리에게 달려들려고 하다가 올리비아를 바라봤다. 그가 자리를 떠나면 몰려드는 스켈레톤과 좀비들이 그녀를 죽일 수 있었다.

"이걸 받아요."

창준이 자신의 손목에 끼고 있던 팔찌를 올리비아에게 건
네줬다.

"이 팔찌는 마법 아티팩트로 그레이트 실드 마법과 몇 가
지 공격 마법이 새겨져 있어요. 직접 마법을 사용할 수 없겠
지만, 아티팩트를 사용하면 움직이지 않는 마나를 사용할 수
있을 거예요. 절대로 이곳에서 나오지 말고 최대한 버티기만
해요."

직접 자신의 팔을 붙잡고 팔찌를 끼워주는 바람에 살짝 얼
굴을 붉힌 올리비아는 마법을 사용할 수 있다는 창준의 말에
황급히 말했다.

"저, 저도 도울게요!"

"여기에 가만히 있어주는 게 도와주는 거예요. 절대로 나
오면 안 됩니다."

단호한 창준의 말과 눈빛은 올리비아가 고개를 끄덕이게
만들었다. 그리고 그녀도 자신이 창준의 짐이 되고 있다는 걸
알고 있었으니 고집을 피울 수 없었다.

제프리의 외침이 들렸다.

"죽여라!"

달그락! 달그락!

스켈레톤이 뼈 부딪치는 소리를 내며 달려들었다. 좀비들
도 특유의 느릿한 움직임으로 창준을 향해 다가오며 구식 소

총을 겨눴다.

탕! 탕!

너무 오랫동안 묻혀 있던 소총이었기에 모두 총알이 발사되지 않았다. 간헐적으로 몇 발만 창준을 향해 날아왔다. 총알이 발사되지 않는 좀비들은 녹이 잔뜩 슬어 있는 대검을 장착하고 있었다.

창준은 좀비들이 총을 발사하기 전에 이미 자리를 피한 후였다.

'맙… 소사…….'

올리비아는 창준의 움직임을 보며 입을 멍하니 벌렸다. 아무리 보조마법을 사용했다고 하더라도 지금 창준이 보이는 움직임은 단 한 번도 본 적이 없는 수준이었다.

그제야 괴물과 싸울 때 창준이 전력을 다해 움직이지 않았다는 걸 알아챘다.

엄청난 속도로 움직이는 창준은 자신을 향해 가장 먼저 달려오는 스켈레톤의 머리를 주먹으로 날려 버렸다.

파삭!

스트랭스로 더욱 강해진 창준의 힘 덕분에 굳이 마나를 사용하고 있지 않았는데도 스켈레톤의 머리는 그대로 산산조각이 나버렸다. 하지만 그렇다고 스켈레톤이 죽은 건 아니다. 머리가 없는 상태로 창준을 향해 여전히 무기를 휘두르고 있었다.

혹마법진의 효과였다. 아마도 혹마법진이 없었으면 머리가 부서진 스켈레톤은 그대로 허물어졌을 것이다.

창준은 인상을 쓰며 스켈레톤의 갈비뼈를 발로 차버려 산산조각 내버렸다.

그 스켈레톤을 시작으로 창준은 빠르게 몰려오는 스켈레톤을 부숴 버리고 좀비들을 뭉개 버렸다.

워낙 신체적인 능력 차이가 컸기에 보조마법을 제외하고는 마나를 사용하지도 않았다. 그래도 스켈레톤과 좀비들은 창준을 건드릴 수조차 없었다.

창준의 주위로 박살 난 스켈레톤과 좀비들이 쌓여갔다. 아직도 꾸역꾸역 몰려오는 수없이 많은 언데드들이 많았지만, 데스 로어로 강해졌다고 하더라도 창준이 스켈레톤과 좀비에게 당할 리가 없었다.

물밀 듯이 밀려오는 언데드들을 모두 죽이고 제프리를 처리할 생각은 없었다.

창을 찔러오는 스켈레톤을 박살 낸 창준이 어렴풋이 보이는 제프리를 향해 마법을 사용했다.

"인페르노!"

창준의 손에서 화염방사기와 같은 불길이 일직선으로 뻗어나갔다. 불길에 닿은 언데드들은 순식간에 숯으로 변하여

재가 되어 날아가 버렸다. 아무래도 언데드였기에 화염계열 마법에는 상극이었다.

하지만 4서클 마법으로는 제프리의 다크 배리어를 뚫을 수 없었다. 그리고 어차피 창준도 이 마법으로 그에게 타격을 줄 거라 예상하지는 않았다.

바로 5서클 마법을 연이어 사용하려고 할 때, 창준의 의도를 알아챈 제프리가 먼저 흑마법을 사용했다.

"본 익스플로젼(Bone Explosion)."

그것이 어떤 마법인지 알고 있는 창준은 눈이 커다랗게 변하며 원래 사용하려던 마법을 취소하고 다급히 그레이트 실드 마법을 펼쳤다.

콰콰콰콰쾅!

창준이 박살 낸 스켈레톤의 뼈들이 수류탄처럼 터져 나갔다. 터질 때의 충격도 충격이지만, 사방으로 비산하는 스켈레톤의 뼈들은 하나하나가 치명적이라고 할 수 있을 정도로 무지막지한 위력을 가지고 있었다.

터터터터텅!

그레이트 실드에 부딪친 뼛조각들이 튕겨져 나갔다. 그렇지만 일부는 실드에 박히며 점점 그레이트 실드가 조금씩 깨지도록 만들었다. 깜짝 놀란 창준은 그레이드 실드 마법을 연속으로 몇 번 더 펼치고 나서야 안심할 수 있었다.

그것만이 아니었다.

"콥스 익스플로전(Corpse Explosion)."

이번에는 좀비의 시체가 터져 나갔다. 좀비의 뼛조각도 스켈레톤의 뼛조각과 같은 효과를 냈으나 좀비의 살점이 더 문제였다. 좀비의 살점 하나하나가 맹독을 띠며 날아다녔기 때문이다.

창준은 그레이트 실드를 유지한 채로 손을 아래로 휘저으며 마법을 펼쳤다.

"윈드 임팩트(Wind Impect)!"

3서클 바람 마법을 시전하자 창준을 중심으로 한순간 폭풍과 같은 바람이 사방으로 뿜어지며 스켈레톤과 좀비의 사체는 물론 다가오던 언데드까지 날려 버렸다.

마법 자체가 큰 충격을 주기보다는 밀어내는 용도였기에 효과는 탁월했다.

깔끔해진 바닥에 서서 심하게 뛰고 있는 심장을 진정시켰다.

'하마터면…….'

방금 전 제프리의 마법은 정말 위험했다. 아무런 대비를 하지 않았다면 죽지는 않았겠지만 움직이기 힘들 정도의 부상은 피할 수 없었으리라.

제프리는 창준에게 피해를 입히지 못했다는 게 아쉬웠는

지 입맛을 다셨다. 아마 이제는 방금 전과 같은 수법은 잘 통하지 않을지도 몰랐다.

하지만 그 전에 창준의 움직임이 더 놀라웠다. 아마도 신체 능력을 상승시키는 보조마법을 썼을 거라 짐작을 했으나 자신이라고 하더라도 보조마법을 사용해서 저런 움직임은 보일 자신이 없었다.

'엄청난 효율의 마법이라는 건가?'

잘 이해가 되지는 않았으나 받아들였다.

마스터가 얻었어야 했다는 일리미트 비블리어시카였으니 일반적인 마법보다 훨씬 효율이 높은 마법이 있다고 하더라도 이상할 건 없었다.

그리고 창준을 처리하고 나면 그것은 마스터의 것이 될 것이다.

'대신 나는 마스터의 오른편에 서 있겠지. 밀러 회장… 아니, 밀러 그 자식이 서 있는 곳에 말이야.'

벌써부터 눈앞에 그 모습이 그려지는 것 같았다.

그러려면 일단 창준을 죽이든지 제압하든지 해야 했다.

제프리가 손가락을 까딱거리자 언데드들이 창준을 향해 다시 밀물처럼 몰려갔다.

이미 지면으로 기어 올라온 언데드들의 숫자가 1천을 넘었다. 이런 엄청난 숫자의 언데드가 한 사람을 향해 몰려가는 건 제법 장관이었다.

창준은 자신을 향해 밀려오는 언데드들을 보면서 마법을 사용했다.

"버닝 핸드(Burning Hand), 블레이즈(Blaze)."

버닝 핸드는 2서클 마법으로 시전자의 손을 감싸는 불길을 만드는 마법이었고, 4서클 마법인 블레이즈는 시전자의 움직임에 따라 지면에 불길을 만드는 마법이었다.

육체적인 능력이 낮은 마법사이기에 일반적이라면 자주 사용하지 않는 마법이라고 할 수 있지만, 지금 창준에게는 가장 적합한 마법이라고 할 수 있었다.

창준은 높이 뛰어올라 자신을 향해 밀려오는 언데드들 사이로 향했다.

그의 주먹을 맞은 언데드들은 불길에 휩싸여 순식간에 재로 변해 버렸고, 창준의 움직임에 따라 일어난 불길은 언데드들이 창준의 뒤를 노리지 못하게 만들었다. 또한 계속 움직일수록 불길이 늘어나며 창준에게 다가오던 언데드들이 알아서 스러지게 만들기도 했다.

그걸 보고 입술을 삐죽거린 제프리는 손을 펼쳤다.

"포이즌 클라우드(Poison Cloud)."

끔찍한 독성을 머금은 녹색 안개가 퍼져 나갔다. 피부에 닿기만 하더라도 순식간에 기포가 생기며 중독되어 죽어간다.

이런 끔찍한 위력을 가진 마법이기는 하나 원래 이 마법은 지금과 같이 필드에서 사용하기에 적합하지 않았다. 기본적으로 안개처럼 생겼기 때문에 간단한 바람 마법만으로도 흐트러뜨릴 수 있었기 때문이다.

녹색 안개를 본 창준이 윈드 마법으로 흐트러뜨리려고 할 때, 제프리가 다시 마법을 사용했다.

"흡수(Absorption)."

녹색 안개가 언데드에게도 흡수되었다. 그러자 언데드의 색깔이 전체적으로 녹색으로 변했다. 이제 약간의 생채기만 생기더라도 극독에 중독될 것이다.

그리고 그것만이 아니었다. 언데드들의 움직임이 비교할 수 없도록 빨라졌다.

언데드가 더 빠르고 강력해진 만큼 창준은 더 급해질 수밖에 없었다.

제프리의 마법은 끝난 게 아니었다. 빠르게 움직이는 창준을 향해 손을 펼친 제프리가 나지막이 마법을 사용했다.

"다크니스(Darkness)."

펼친 손에서 흘러나온 옅은 검은 기운이 창준을 향해 날아 갔다. 창준은 은밀히 다가오는 검은 기운을 느끼지 못하고 있었기에 그대로 적중하고 말았다.

"으헉!"

창준은 당황스러운 외침을 내면서 하늘로 크게 뛰어올랐다. 거의 십여 미터를 떠오른 창준은 황급히 뒤로 물러섰다.

'앞이… 앞이 보이지 않아!'

다크니스 마법은 대표적인 저주계열 마법 중 하나로 피시전자의 시야를 막는 저주였다. 물론 고위 마법사들은 저주마법에 당하더라도 풀 수 있었다.

그건 창준도 마찬가지였다.

다시 한 번 마나로 눈을 덮고 있던 마기를 흐트러뜨리자 언데드들의 보좌를 받으며 득의양양한 얼굴로 자신을 바라보는 제프리가 보였다.

'빌어먹을, 얍삽한 새끼 같으니…….'

창준은 다시 자신을 향해 달려오는 언데드들을 향하여 마법을 펼쳤다.

"파이어 웨이브!"

지면에서 일어난 화염이 파도처럼 밀려갔다. 화염의 파도에 휩쓸린 언데드들은 재로 변했고, 더욱 기세등등하게 일어난 화염의 파도가 제프리를 향해 밀려왔다.

"컨퓨전(Confusion)."

창준의 머리 위로 은은하게 마기가 서리더니 곧 창준의 머리가 지끈거리게 만들었다. 머리를 혼란시키는 저주마법으로 마법사에게는 천적에 가까운 저주였다.

집중을 못 하게 만드니 창준은 파이어 웨이브 마법을 취소하고 제프리의 저주마법을 피해 빠르게 움직였다.

제프리의 저주마법을 피하면서 언데드들을 상대하는 건 상당한 정신력을 소모시켰다.

행여나 저주마법에 당했을 때 당황하여 움직임을 멈추면 언데드에게 상처를 입을 것이고, 그 상처로 스며든 독은 창준을 갉아먹을 것이 분명했다.

그렇기에 창준은 최대한 정신을 집중하여 언데드를 상대하면서도 제프리가 저주마법으로 자신을 압박하는 걸 피하기 위해 그에게도 정신을 분산시켜야 했다.

제프리는 창준을 보고 웃으며 소리쳤다.

"살겠다고 열심히 움직이는 꼴이 불쌍하구나!"

창준은 그의 말에 대답도 하지 않았다. 언데드를 상대하기 바빠 보였다.

하지만 창준이 하나의 연극을 하고 있다고 할 수 있었다.

창준이 언데드를 상대하고 제프리의 마법을 피하면서도 다채로운 마법을 사용하고 있었다. 하지만 그가 사용하고 있는 마법은 모두 4서클 마법까지였다.

혹시나 정말 위험한 순간이 닥칠 걸 예상하여 5서클 마법까지는 언제든 쓸 수 있게 준비하고 있었다.

그가 이렇게까지 하는 이유는 정말 완벽한 순간을 잡아 제프리를 한 번에 처치하기 위해서였다.

제프리는 지금 창준이 자신을 위협하지 못한다고 생각하고 있을 것이다. 하지만 이 상태로는 자신이 창준을 처치하기도 힘든 상황이었다.

시간은 창준의 편이다.

만약 이곳에서 벌어지는 일 때문에 MI5의 마법사가 몰려오면 제프리에게는 큰 부담이 될 것이다. 거기다가 아직 런던에 머물고 있다고 알려진 페르낭이라도 온다면… 이곳이 제프리의 무덤이 될 가능성이 컸다.

그렇기에 제프리는 창준을 빨리 처리하기 위해서라도 더 고위의 마법을 사용하게 될 것이다.

네크로맨서에게 고위 마법이란 고위 소환물을 말한다. 고위 소환물을 언데드들처럼 뽑아낼 리 없으니 언데드들은 오히려 고위 소환물이 창준을 죽일 수 있게 뒤로 물러서야 할 것이다.

'그러면 아마도 기회가 오겠지…….'

창준의 생각대로 흘러가지 않을 가능성도 있었다. 그렇다고 하더라도 괜찮다. 어차피 언데드들은 숫자만 많았고 제프리의 방패 역할을 하고 있을 뿐이지 창준에게도 체력적으로 큰 부담이 되는 건 아니니까. 정신적인 부담은 어쩔 수 없지만 말이다.

그리고 창준이 바라는 시간은 점점 다가왔다.

제프리는 창준이 전혀 지치는 모습을 보여주지 않는 걸 보고 더욱 압박할 필요성을 느꼈다.

'이대로는 너무 많은 시간이 필요할 것 같군. 슬슬 마무리해 줘야겠지.'

창준을 공격하고 있는 언데드에게 명령을 내려 일부는 계속 창준을 공격하게 만들고 나머지들은 자신의 주위로 모았다. 그리고 마법을 사용했다.

"애니메이트 구울(Animate Ghoul)."

마법을 사용하자 좀비들이 마치 자석에 끌리듯 하나로 뭉치더니 찰흙처럼 변했고 다시 몇 개로 나눠졌다. 뼈와 살이 서로 뭉치고 흩어지는 광경은 대단히 역겨웠다.

무형의 기운에 의해서 찰흙처럼 주물럭거려지던 덩어리는 이내 몇 개의 구울로 재탄생했다.

키는 사람보다 컸고 마치 뼈에 피부만 걸쳐놓은 것처럼 생겼다. 하지만 입안에 이빨과 혀가 존재했고 녹광이 쏟아지는 눈알도 있었다.

구울은 좀비를 기초로 태어났으나 좀비와 비교할 수 없을 만큼 격이 다른 존재였다.

힘이나 민첩성은 물론이거니와 몸에서 흐르는 독성은 언데드에게 걸려 있는 독과 비교도 할 수 없는 극독이다. 특히 구울이 공포의 대상이 되는 이유 중 하나는 적을 산 채로 뜯어먹는 포악함이다.

제프리의 손짓에 따라 구울이 창준에게 달려들었다. 제프리는 그걸 보지도 않고 다음 소환 주문을 캐스팅하기 시작했다.

캬아아아악!

모두 여덟 마리의 구울이 괴성을 지르며 창준에게 달려들고 있을 때, 창준과 구울의 사이에는 언데드의 벽이 있었다. 구울은 길을 막고 있는 언데드를 후려쳐 박살 내면서 창준에게 달려들었다.

그 힘이 얼마나 대단한지 얻어맞은 언데드는 산산조각이 나서 사방으로 잔해가 날아다녔다.

창준은 구울을 보고 잔뜩 긴장했다. 그 역시 구울이 얼마나 무서운 마물인지 아스란이 남긴 기록에서 읽었었다.

한꺼번에 달려드는 여덟 마리의 구울 중 가장 앞에서 달려오는 구울을 향해 쇼크 웨이브 마법을 날렸다.

피잉!

맑은 소리와 함께 마법을 얻어맞은 구울이 튕겨져 나갔다. 하지만 쓰러졌던 구울은 아무런 충격을 받지 않은 것처럼 벌떡 일어나 녹색 눈빛을 이글거리며 포악한 괴성을 지르고는 다시 달려들었다.

창준은 뒤에서 달려드는 스켈레톤의 공격을 피하고 스켈레톤의 머리를 붙잡아 구울을 향해 던졌다.

마나를 심어 던진 스켈레톤의 몸뚱이는 하나의 포탄처럼 구울을 향해 날아갔는데, 구울은 자신을 향해 날아오는 스켈레톤을 손으로 후려침으로써 박살을 내고 달려왔다.

막강한 위세를 보이는 구울은 왜 아스란의 세계에서도 공포의 존재였는지 여실히 존재감을 드러내고 있었다.

가장 먼저 지적에 도착한 구울이 창준을 잡으려고 하자 창준은 서둘러 몽크의 격투술 중 회피 동작으로 빠르게 구울의 공격을 피하고는 구울의 복부를 주먹으로 후려쳤다.

구울의 복부가 움푹 들어가며 뒤로 주르륵 밀려나 뒤에서 달려오는 구울들과 뒤엉켜 쓰러졌다. 하지만 쓰러진 구울들은 멀쩡히 일어나 창준을 향해 달려들었다. 심지어 주먹에 직접 맞은 구울까지도.

'튼튼하네……'

얼굴을 찌푸린 창준이 4서클 마법을 사용했다.

"파이어 월."

지면에서 일어난 화염의 벽이 창준과 구울 사이에서 치솟아 올랐다. 구울들은 그걸 보고 잠시 멈칫했을 뿐 그대로 불길을 뚫고 들어왔다.

이것으로 구울을 막을 수 없다는 걸 예상하고 있던 창준은 구울이 불길을 뚫고 오는 걸 보고 지체하지 않고 바로 다음 마법을 던졌다.

"룬 플레어!"

창준의 손에서 생성된 화염의 창이 제일 먼저 튀어나온 구울을 향해 날아갔다. 그걸 본 구울이 녹광을 번뜩이더니 상체를 움직여 피했다. 그러자 화염의 창은 뒤에서 불길을 뚫고 오던 구울에게 적중했다.

콰쾅!

커다란 폭발과 함께 룬 플레어를 맞은 구울의 상체가 사라졌다. 부들거리던 남은 하체는 그대로 쓰러졌다.

'5서클에는 확실히 죽는군.'

창준은 자신의 마법을 피한 구울을 향해 4서클 윈드 스피어 마법을 발현하여 바람의 창을 날려 보냈다.

구울은 이번에도 창준의 마법을 피하려고 했으나 다른 마법과 달리 속도가 빠른 바람계열 마법을 피하지 못하고 몸으로 받아버렸다.

퍼퍽!

바람의 창은 구울의 상체에 주먹 두 개만 한 구멍을 만들었다. 하지만 죽지는 않았고, 그 상처는 빠르게 수복되기 시작했다.

'4서클 마법까지는 구울에게 먹히는구나.'

구울은 분명 무서운 마물이다. 하지만 그 움직임으로는 창준을 잡을 수 없고, 4서클 마법이면 꽤 큰 상처를 입힐 수 있다.

그러면 창준에게 큰 위협을 줄 수 없었다.

그때 제프리의 목소리가 들렸다.

"애니메이트 듀라한(Animate Dullahan)."

이번에는 스켈레톤들이 서로 조립되거나 땅에서 검은빛의 갑옷이 올라와 중갑 기사로 만들었고 머리는 스스로 뽑아내 한 손으로 들었다. 그러면서 피부가 생겨나는 게 마치 부활하는 것처럼 보였다.

붉은빛을 토해내는 눈동자를 희번덕거리던 듀라한은 땅으로 손을 푹 박아 넣더니 거대한 대검을 뽑아냈다. 그리고 제프리의 명령을 기다리는 것처럼 그를 보고 무릎을 꿇었다.

창준은 달려드는 구울들을 밀쳐내고 제프리의 앞에 무릎 꿇고 있는 듀라한을 노려봤다.

'듀라한…….'

흔히 네크로맨서의 돌격대장이라 불리는 듀라한은 구울보다도 상위 마물이었다.

아스란이 남긴 자료에 따르면 5서클 마법사도 홀로 상대하면 위험하다는 평가를 받은 무서운 마물.

제프리는 이렇게 만들어진 세 마리의 듀라한을 흡족한 눈으로 바라봤다. 그리고 창준을 향해 손을 저으며 말했다.

"죽여라."

그의 명령에 육중하게 생긴 육체를 일으킨 듀라한들이 창준을 향해 붉은빛을 쏘아내며 천천히 다가오기 시작했다.

창준은 일단 자신을 향해 달려드는 구울들을 최대한 처리하는 게 좋겠다는 걸 느꼈다.

그에 달려드는 구울들의 공격을 피하고는 가장 많이 구울들이 몰려 있는 곳을 향해 4서클 대인 마법을 펼쳤다.

"번 플레어!"

콰콰쾅!

대규모 대인 마법인 번 플레어가 폭발하며 달려들던 구울들이 휩쓸렸다.

두 마리의 구울은 순식간에 재로 변했고 폭발에 휘말렸던 세 마리는 큰 부상을 입었다. 하나 뛰어난 복구 능력을 가진 구울은 빠르게 재생하고 있었다.

창준은 남은 두 마리 구울 중에 한 마리에게 바인드 마법을 사용해 몸을 속박했다.

저서클 마법이라 금세 풀려날 것은 알고 있었다. 하지만 그 아주 잠깐의 틈만으로도 충분했다.

"룬 플레어!"

화염의 창이 버둥거리는 구울을 재로 돌려보냈다.

그때 창준은 자신을 향해 날아오는 공격을 느끼고 황급히 그레이트 실드를 펼쳤다.

콰창!

그레이트 실드는 마치 유리창처럼 깨져 버렸다. 그리고 무언가 묵직한 것이 창준의 허리를 향해 날아왔다.

"으헉! 포인트 실드(Point Shield)!"

창준의 오른손에 사람 손바닥 세 개 정도 크기의 작은 실드가 생겨났다.

5서클 국소 방어 마법인 포인트 실드는 넓은 범위를 막을 수 없으나 강도는 그레이트 실드보다 훨씬 단단했다.

창준은 오른손을 자신의 왼쪽 허리 바깥으로 짓쳐 들어오는 묵직한 것을 막아갔다.

깡!

부딪치는 소리와 함께 창준의 몸이 휙 날아가 낙법을 쓸 틈도 없이 땅에 처박혔다.

그 충격에 고개를 흔들며 눈을 뜨자 듀라한 하나가 떨어져 내리며 창준을 향해 거대한 대검을 내려치는 게 보였다.

"스톤 월(Storn Wall)!"

쿠르르릉!

바위로 만들어진 벽이 땅에서 솟아올라 듀라한과 창준의

사이를 막았다. 듀라한의 대검은 바위의 벽에 박혔다.

쾃가가가각!

묵직한 소리와 함께 듀라한의 대검이 바위의 벽을 두부 썰 듯이 부수며 창준의 위로 떨어져 내리고 있었다.

창준의 마법은 대검의 속도를 잠시 줄이는 역할밖에 하지 못했다.

하지만 그것으로 충분했다.

이미 스톤 월이 그 정도 역할밖에 못 할 거라 짐작한 창준 은 거의 기다시피 대검의 영향권에서 벗어났다.

창준의 뒤에서 대검이 지면을 찍는 소리가 섬뜩하게 들려 왔다.

그렇지만 그걸 듣고 있을 시간이 없었다. 창준이 겨우 기어 서 피한 곳에서는 구울이 창준을 향해 주먹을 내려치고 있었 다.

마법을 쓸 정신도 없는 창준은 본능적으로 구울의 주먹을 두 팔을 들어 막았다.

쿵!

"으⋯⋯."

묵직한 충격이 두 팔에 느껴졌다. 아마도 창준의 신체가 일 반인 수준이었다면 구울의 주먹은 두 팔을 부숴버리고 얼굴 까지 박살 냈을 것이다.

바닥에 누운 창준은 구울이 다시 주먹을 내려치려는 걸 보고 몸을 빙글 돌리며 구울의 다리를 걸어차 넘어뜨렸다.그러곤 구울의 얼굴을 발로 차버리자 구울은 요란한 소리를 내며 굴러갔다.

서둘러 일어난 창준은 세 번째 듀라한이 야구공을 향해 방망이를 휘두르듯 머리를 향해 대검을 휘두르는 걸 보았다.

"쇼크 웨이브!"

픽!

다급히 사용한 마법에 맞은 듀라한이 주욱 밀려났다. 그제야 안도의 한숨을 내쉰 창준은 자신에게 다가오는 마물들을 확인할 수 있었다.

'듀라한 세 마리에 구울 네 마리……'

스켈레톤이나 좀비들의 숫자는 의미가 없었다. 아직도 수백 마리가 남았는데 머릿수를 세는 건 아무런 의미가 없어서 세지도 않았다.

본능이 강한 구울들이 창준을 향해 괴성을 지르며 달려들었고 그 뒤를 이어 듀라한이 대검을 휘두르며 따라왔다.

창준은 진지한 얼굴로 구울들을 향해 달려가 가장 앞에 있는 구울의 머리통을 후려쳐 뒤로 날려 버리고 체인 라이트닝 마법을 사용해 구울들을 견제했다. 그러는 사이 듀라한이 창준을 향해 달려들었다.

용언 마법을 사용한다는 걸 들키지 않기 위해 캐스팅이라도 하는 척 중얼거려야 했기에 마법은 연속적으로 사용할 수 없었다.

'그러니까, 열심히 뛰어다녀야 된다는 말이고…….'

창준은 술래잡기라도 하는 것처럼 구울과 듀라한을 피하며 간헐적으로 반격해 나갔다.

뒤에서 창준이 싸우는 걸 지켜보는 제프리는 입가의 미소가 점점 짙어졌다.

'5서클 마법사였군. 4서클 마법사는 아닐 거라고 생각했다.'

올리비아가 4서클 마법사였다. 그리고 그녀는 제프리에게 순식간에 제압을 당했었다. 그러니 창준이 최소한 5서클 마법사라고 생각은 하고 있었다.

창준이 5서클 마법사라고 문제가 될 건 없었다. 듀라한을 상대하려면 최소한 5서클 마법사여야 했는데, 지금 창준을 상대하는 듀라한은 무려 세 마리였고 구울들도 네 마리나 남아 있었다. 이 정도면 아무리 고효율의 5서클 마법사라고 하더라도 충분히 상대할 수 있었다.

하지만 가만히 창준이 제압당하기만을 기다리고 있을 생각은 없었다. 최대한 빨리 처리하고 이곳을 벗어나는 게 그에게는 이득이었으니까.

제프리는 새로운 소환마법을 준비했다.

"서먼 레이스(Summon Wraith)."

데스 로어를 사용한 이후 주변에서 맴돌던 원환들이 뭉치며 로브를 입은 귀신으로 변했다. 하반신도 보이지 않았고 얼굴도 두건에 가려져 보이지 않았으나 두 팔은 로브 밖에서 기묘하게 움직이고 있었다.

창준은 레이스가 소환된 걸 지켜보고 있을 틈이 없었다.

"아이스 포그!"

창준의 마법에 극도로 차가운 안개가 일어나 구울과 듀라한을 뒤덮었다.

당연히 마법 방어력이 높은 듀라한은 아무런 이상이 없었으나 구울은 약간이나마 움직임이 느려졌다.

바로 앞으로 다가온 듀라한 하나가 대검을 휘둘렀고 납작 엎드려 대검을 피한 창준은 대검이 머리 위를 스쳐 지나가자 튕기듯 듀라한의 품으로 뛰어들어 있는 힘껏 듀라한의 가슴을 밀어버렸다.

중갑을 입고 사람보다 상체 하나 정도 큰 듀라한이었으나 창준의 힘은 그런 듀라한이 포탄처럼 뒤로 날아가 다른 듀라한과 뒤엉켜 버리게 만들었다.

그사이 구울을 향해 손을 펼친 창준은 지체 없이 마법을 사용했다.

"룬 플레어!"

화염의 창이 움직임이 둔해진 구울을 향해 날아갔다. 아까도 위력을 확인했기에 이 마법이면 구울 하나는 확실히 재로 만들 수 있었다.

하지만 화염의 창이 구울에 적중되기 전, 남은 듀라한 하나가 구울 앞을 막으며 대검의 넓은 면으로 마법을 받아버렸다.

콰앙!

거대한 폭음과 함께 듀라한이 밀려나며 뒤에 있던 구울이 듀라한에 부딪쳐 나동그라졌다.

"젠장!"

설마 구울을 노린 마법을 받아줄 거라 생각하지 못한 창준이 크게 소리쳤다.

기본적으로 듀라한은 광폭하게 적을 죽이려고 달려드는 돌격대장과 같은 존재이지, 구울처럼 본능만 앞선 마물은 아니다. 그렇기에 구울을 동료라 인식하고 구울이 감당할 수 없는 마법이 날아오는 걸 막아선 것이다.

크아아아아!

듀라한의 한쪽 손에 들린 머리가 시뻘건 눈빛을 살벌하게 빛내며 괴성을 질렀다. 마치 창준의 마법에 분노한 것처럼.

'일부러 내 마법을 막아놓고선 왜 지가 화를 내는 거냐!'

어처구니없이 바라보는 창준을 향해 듀라한이 달려들어 대검을 내리찍었다. 이미 대비를 하고 있었기에 피하는 데는 무리가 없었다. 그런데 창준이 피하려고 할 때, 그의 귀에 비명소리가 들렸다.

꺄아아악!

"크윽⋯⋯."

지끈거리는 통증과 함께 시야가 흔들리며 사물이 두어 개로 보였다. 창준은 본능적으로 비명이 들린 곳을 바라봤다. 그곳에서 레이스 하나가 창준을 향해 비명을 지르고 있었다.

일반인이라면 이 비명소리에 고막이 터졌겠지만, 창준은 아니었다. 큰 충격을 받은 건 아니었다. 다만, 지금 타이밍에 이 약간의 충격은 큰 문제를 야기했다.

한순간에 일어난 일이었으나 대검이 머리 위로 떨어지고 있는 걸 피하려는 상황이었기에 대번에 위기에 빠졌다.

피할 타이밍을 놓친 창준이 머리 위로 떨어지는 대검을 향해 손을 들어 올리며 포인트 실드를 펼쳤다.

카캉!

콰쾅!

포인트 실드와 대검이 부딪치는 소리가 울렸고 대검에 실린 듀라한의 힘에 창준이 무릎을 꿇었다.

듀라한의 힘이 얼마나 강했는지 창준의 몸을 통해 전달된 힘은 그가 서 있던 지면이 원형으로 거미줄처럼 깨져 버리도록 만들었다.

그러는 사이 어느새 다가온 구울들이 창준을 덮쳤다. 구울들은 창준의 몸을 뜯어먹으려는 듯 엄청난 악력으로 창준을 붙잡고 입을 쩍 벌리며 들이대려고 했다.

"으아악! 라이데인!"

창준을 덮친 구울들 위로 순식간에 검은 구름이 생겨나며 굵직한 번개들이 연이어 꽂혔다.

쾅! 쾅! 쾅!

연속해서 떨어지는 번개를 맞은 구울들이 시커멓게 재로 변해 하나씩 사라져 갔다. 이대로 가만히 있으면 구울들이 모두 죽을 것 같았으나 창준도 자신이 사용한 마법에 맞아 죽을 판이다.

창준은 구울들이 죽어가자 마지막 남은 구울을 힘껏 위로 밀어냈다. 그러자 하늘로 튕기듯 올라간 구울이 허공에서 몇 번의 번개를 맞으며 재로 변했고, 창준은 그 틈을 타 자리를 피하려고 했다.

하지만 그의 눈에 자신을 노리고 엄청난 속도로 날아오는 듀라한의 대검이 보였다. 머리 위에서 하나, 창준의 좌우에서 하나씩.

창준은 이 공세를 막을 수 없다는 걸 깨달았다. 아니, 막을 수 있었다. 그렇지만 듀라한의 이번 공세를 막으려면 6서클 마법을 사용해야 했다.

5서클 마법으론 듀라한이 밀려나지 않을 수 있었고 그 결과는 창준이 듀라한의 대검을 몸으로 받아내는 결과로 귀결될 가능성이 높았다.

잘못하면 지금 죽을 수 있다는 걸 깨달았기 때문인지, 창준은 마치 1초가 1분으로 늘어난 것 같은 기묘한 감각을 느꼈다. 그리고 초점이 향하지 않는 시야의 주변 상황까지 모든 게 한 번에 인지가 되었다.

창준이 만들어준 마법진 안에 있는 올리비아가 다급한 얼굴로 창준을 향해 손을 뻗으며 그가 준 아티팩트를 이용해 마법을 사용하고 있었다.

아티팩트에 들어 있는 공격 마법은 3서클. 호신용으로는 충분하고 할 수 있다. 그러나 올리비아의 마법으로는 듀라한이 움찔거리는 수준의 충격밖에 주지 못할 것이다.

그리고 좌측에 제프리가 보였다. 이번에는 창준이 죽을 것이라 생각했는지, 자신과 창준 사이에 있는 언데드들이 자리를 비키고 있었다. 아마도 창준이 죽는 순간을 확실하게 보기 위해서라고 생각되었다.

이런 것들을 확인하는 동안에도 느리지만 듀라한의 대검

은 점점 창준을 향해 다가오고 있었다. 느리게 보이는 저 대검에 맞는다면, 아무리 창준이라고 하더라도 큰 부상을 입을 것이다.

그리고 창준의 눈이 예리하게 빛났다.

'기다리던… 기회다!'

순간, 느리게 움직이던 세상이 원래대로 돌아오며 세 개의 대검이 무시무시한 속도로 창준을 갈라왔다.

창준은 손을 내려치며 소리쳤다.

"익스플로전(Explosion)!"

6서클 화염계 대규모 폭발마법.

아스란의 세계에서는 이 마법으로 전장의 판도를 바꿀 수 있었다. 그리고 지금 그 마법은 명성에 걸맞은 위력을 마음껏 보여주려고 했다.

창준을 중심으로 대낮처럼 밝은 빛이 세상을 밝게 비추는가 싶더니 어마어마한 폭발이 일어났다.

쿠콰콰콰쾅!

엄청난 폭발은 창준에게 대검을 휘두르던 듀라한을 집어삼키고 순식간에 불태워 버렸다. 아무리 듀라한이라도 6서클 마법을 버틸 만한 능력은 없었다.

근방에 있던 레이스 역시 폭발에 사그라졌고, 올리비아는 폭발의 위력에 비명을 지르며 사용하려던 마법을 발현하지도 못하고 멀찍이 날아갔다. 다행이라면 익스플로전이 터지며 제프리가 만든 흑마법진에 영향을 미쳤는지 올리비아를 기절 직전까지 몰고 가던 마기가 사라졌다는 점이다.

그나마 조금 떨어져 있던 제프리는 무사했다. 대신 그의 앞에 있던 일부 언데드들이 폭발 때문에 쓰러져 버렸다.

화들짝 놀란 제프리는 서둘러 다른 마법을 사용하려고 했다. 하지만 그때, 익스플로전이 터져 한 치 앞도 볼 수 없을 정도로 일어난 연기 속에서 창준의 목소리가 들렸다.

"헤이스트! 스트랭스!"

그러곤 창준이 제프리의 눈에도 보이지 않을 정도로 연기를 뚫고 달려 나왔다. 창준은 제프리가 창준이 죽는 순간을 보기 위해 만들었던 길을 따라 순식간에 나타나더니 제프리의 몸을 보호하고 있는 다크 배리어에 손을 가져다 대고 외쳤다.

"플레임 블레이드(Frame Blade)!"

6서클 화염 마법인 플레임 블레이드는 말 그대로 화염으로 만들어진 검을 만드는 마법이다.

익스플로전과 같은 대규모 폭발 마법에 비해 아주 작은 범위에만 영향력을 미치고 사용자인 마법사의 운동신경에 따라 활용도가 천차만별이 되는 마법이지만, 그 모든 힘이 상대적으로 작다고 할 수 있는 검의 형상으로 만들어지기에 6서클 이하의 방어마법은 모두 갈라 버리는 무시무시한 위력을 가지고 있다.

제프리가 사용하는 다크 배리어도 이 범주를 벗어날 수는 없었다.

콰가가각!

창준의 손에서 만들어진 불꽃이 이글거리는 장검이 제프리의 다크 배리어를 뚫고 나갔다. 다크 배리어 뒤에서 허둥거리며 마법을 준비하던 제프리는 다크 배리어를 뚫고 나온 장검이 자신의 가슴을 관통하는 것을 두 눈으로 확인할 수 있었다.

불꽃으로 만들어진 검이었으나 생각보다 뜨겁지 않았다. 오히려 시원하다는 생각마저 들었다.

그렇지만 그건 한순간이었을 뿐, 뒤이어 따라온 극심한 고통에 입만 벙긋거렸다.

창준은 자신이 만든 플레임 블레이드가 제프리의 가슴을 뚫고 나가자 그대로 검을 움직여 옆구리 쪽으로 베어버렸다.

상체가 거의 두 동강이 난 제프리는 비틀거리는가 싶더니 이내 끈 떨어진 인형처럼 뒤로 넘어가 버렸다.

창준은 주변을 둘러봤다. 그를 둘러싸고 있는 언데드들은 자신의 주인이 공격을 받아 죽어가는데도 명령이 없었기에 창준을 멀뚱히 바라보고 있었다. 그들이 받은 마지막 명령을 가만히 지켜보라는 것이었으니까.

당장이라도 숨이 넘어갈 것처럼 헐떡거리는 제프리를 보던 창준은 그의 머리맡으로 걸어와 내려다봤다. 창백한 얼굴로 헐떡이며 비 오듯 땀을 흘리는 제프리가 죽을 거라는 데는 이견이 없었다.

마음 같아서는 제프리는 살려서 붙잡고 싶었다. 분명히 그가 알고 있는 것들이 많을 테니까. 하지만 그렇게 하기에는 제프리가 너무 강했다.

'스스로 길을 만들지 않았으면……'

그러면 일이 어려워졌을 게 분명했다.

언데드에게 보호를 받는 제프리에게 직접적으로 6서클 마법을 사용해도 언데드 때문에 온전히 힘을 전달하기 힘들었고, 맞혔다고 하더라도 플레임 블레이드처럼 뚫을 수 있었을지 장담하기 힘들었다.

자신이 6서클이라는 걸 들키는 순간, 제프리는 듀라한과 구울, 레이스 등을 계속 소환했을 것이다. 그게 바로 일인군단 네크로맨서의 무서움이니까.

다행히 제프리는 스스로 방심하지 않겠다고 말해놓고는 충분히 방심하고 있었다.

그건 창준이 5서클 마법사로 보였고, 5서클 마법사를 처치하는 건 어렵지 않다고 생각한 제프리의 잘못이었다. 그리고 그 결과가 바로 이것이었다.

"6서클… 마법사… 였나?"

제프리가 헐떡거리며 말했다. 창준은 대답 대신 고개를 끄덕였다. 그걸 본 제프리는 비틀린 웃음을 지었다.

"비… 겁하구나……."

"살다 살다 납치범에게서 비겁하다는 말을 듣는군."

"큭큭… 쿨럭!"

웃음을 터뜨리던 제프리가 기침을 하자 입에서 검붉은 선혈이 왈칵 튀어나왔다. 상태를 보니 이제 곧 죽을 것 같았다.

창준은 그런 제프리에게 물었다. 그가 가장 궁금하게 생각하는 것을.

"아스란이나 일리미트 비블리어시카에 대한 얘기는 누구한테 들었지?"

"그게 궁금… 했나? 대답하지… 못할 건 없지만… 굳이 대답할… 이유도 없겠지……."

자신이 토한 피로 인해 범벅이 되어 죽어가면서도 한껏 비웃는 표정을 짓는 제프리였다.

창준 역시 그가 대답을 할 거라 생각하지 않았다. 죽어가는 사람이 무슨 얘기를 하겠는가?

쓴 입맛을 다신 창준이 시선을 돌려 올리비아를 바라봤다. 올리비아는 몇 미터 날아가며 구르기는 했지만 작은 생채기를 제외하면 다친 곳이 없는지 일어서서 창준을 바라보고 있었다.

"괜찮아요?"

"…네. 저는 괜찮아요……."

멍한 얼굴로 대답한 올리비아는 창준만 바라봤다. 방금 있었던 일전을 통해 창준이 가진 힘을 직접 봤으니 그럴 만했다.

'6서클 마법사……! 거기다가 마지막에 연속해서 사용하던 마법은 어떻게 한 거지? 캐스팅하는 걸 보지도 못했는데…그리고 일리미트 비블리어시카는 대체 뭐고…….'

지금 싸움을 지켜봄으로써 묻고 싶은 것들이 산더미처럼 많아졌다.

아마도 창준이 자신에게 말해줬던 건 일부분에 지나지 않을 거라는 생각이 강하게 들었다. 그렇지 않으면 지금과 같은 결과를 만들어낼 수 없었을 테니까.

창준 역시 이제 올리비아에게 어떻게 얘기를 해야 하는지 고민을 하고 있을 무렵, 갑자기 제프리의 고통스러운 비명이 들려왔다.

"크헉……! 크으윽……."

죽어가던 제프리였기에 비명을 지르는 건 이상한 일이 아니다. 그러나 죽어가는 제프리의 몸에서 마기가 흘러나온다면 얘기는 달라진다.

창준은 혹시 제프리가 죽기 전에 흑마법을 사용하려는 게아닌가라는 생각에 황급히 그를 바라봤다. 시선이 창백한 제프리의 얼굴에 닿았을 때, 제프리의 몸에서 마기가 폭발적으로 쏟아져 나왔다.

푸하악!

마기가 쏟아져 나오는 기세가 얼마나 대단했는지 바로 옆에 있던 창준은 거의 십여 미터를 밀려났다.

버티려고 지면을 디뎌도 길게 두 개의 고랑을 만들며 밀려날 뿐이었다.

마기를 토해내던 제프리의 몸이 점점 땅에서 떠올랐다. 그런데 이건 제프리가 의도한 것이 아니었는지 그의 얼굴에는 당혹스러움이 가득했다.

"네놈이 나를… 속였구나! 으아아악!"

누구에게 하는 말인지 알 수 없는 말을 내뱉은 제프리가 입을 찢어져라 벌리며 비명을 질렀고, 그의 몸에서 흘러나오던 마기는 유형화되며 제프리의 오공에서 쏟아져 나왔다.

덕분에 비명도 못 지르고 허공에 떠서 버둥거리는 것이 그가 할 수 있는 모든 것이었다.

창준은 갑작스러운 변고에 멍하니 제프리를 바라보다가 문득 이런 걸 바로 얼마 전에 봤었다는 걸 깨달았다.

'설마… 제프리도 괴물이 된다는 말인가?'

『알케미스트』11권에 계속…

사략함대 장편소설

FUSION FANTASTIC STORY

2016년 대한민국을 뒤흔들 거대한 폭풍이 온다!

『법보다 주먹!』

깡으로, 악으로 밤의 세계를 살아가던 박동철.
그는 어느 날 싱크홀에 빠진다.

정신을 차린 박동철의 시야에 들어온 건 고등학교 교실.
그리고 그에게 걸려온 의문의 ARS는 그를 새로운 인생으로 이끄는데……

빈익빈 부익부가 팽배한 세상, 썩어버린 세상을 타파하라!

법이 안 된다면 주먹으로!
대한민국을 뒤바꿀 검사 박동철의 전설이 시작된다!

Book Publishing CHUNGEORAM

유행이 아닌 자유추구 -
WWW.chungeoram.com

세무사 차현호

대한민국의 돈, 그 중심에 서다!

『세무사 차현호』

우연찮게 기업 비리가 담긴 USB를 얻은 현호는
자동차 폭탄 테러를 당하게 되는데……

그런 그에게 주어진 특별한 능력과 두 번째 삶.
하려면 확실하게, 후회 없이 살고 싶다!

"대한민국을 한번 흔들어보고 싶습니다."

대한민국의 돈과 권력의 정점에 선
세무사 차현호의 행보에 주목하라!

Book Publishing CHUNGEORAM

유천이 아닌 자유추구 -
WWW.chungeoram.com

연기의 신

FUSION FANTASTIC STORY

서산화 장편소설

GOD OF ACTING

PRODUCTION
DIRECTOR
CAMERA
DATE
SCENE | TAKE

무대, 영화, 방송…
모든 '연기'의 중심에 서다!

『연기의 신』

목소리를 잃고 마임 배우로 활동하던 이도원은
계획된 살인 사건에 휘말려 비참한 죽음을 맞이한다.
그런 그에게 주어진 특별한 기회, 타임 슬립.

"저는 당신의 가면 속 심연을 끌어내는 배우입니다."

이제 그의 연기가 관객을 지배한다!
20년 전으로 되돌아가 완전한 배우로서의
삶을 꿈꾸는 이도원의 일대기!

Book Publishing CHUNGEORAM

유행이 아닌 자유추구 -
WWW.chungeoram.com